AF202661

Tucholsky Wagner Zola Scott Sydow Freud Schlegel
Turgenev Wallace Fonatne

Twain Walther von der Vogelweide Fouqué Friedrich II. von Preußen
Weber Freiligrath Frey

Fechner Fichte Weiße Rose von Fallersleben Kant Ernst Richthofen Frommel

Engels Fielding Hölderlin
Fehrs Faber Flaubert Eichendorff Tacitus Dumas

Feuerbach Maximilian I. von Habsburg Fock Eliasberg Zweig Ebner Eschenbach
Ewald Eliot Vergil

Goethe Elisabeth von Österreich London
Mendelssohn Balzac Shakespeare Dostojewski Ganghofer
Trackl Lichtenberg Rathenau Doyle Gjellerup
Mommsen Stevenson Tolstoi Hambruch Droste-Hülshoff
Thoma Lenz Hanrieder

Dach Verne von Arnim Hägele Hauff Humboldt
Karrillon Reuter Rousseau Hagen Hauptmann Gautier
Garschin

Damaschke Defoe Hebbel Baudelaire
Descartes Hegel Kussmaul Herder

Wolfram von Eschenbach Dickens Schopenhauer Rilke George
Bronner Darwin Melville Grimm Jerome Bebel
Campe Horváth Aristoteles Proust

Bismarck Vigny Barlach Voltaire Federer Herodot
Gengenbach Heine

Storm Casanova Tersteegen Grillparzer Georgy
Chamberlain Lessing Langbein Gilm Gryphius
Brentano
Strachwitz Claudius Schiller Lafontaine Sokrates
Katharina II. von Rußland Schilling Kralik Iffland
Bellamy Gerstäcker Raabe Gibbon Tschechow

Löns Hesse Hoffmann Gogol Wilde Gleim Vulpius
Luther Heym Hofmannsthal Klee Hölty Morgenstern
Roth Heyse Klopstock Kleist Goedicke
Luxemburg Puschkin Homer Mörike Musil
Machiavelli La Roche Horaz
Kierkegaard Kraft Kraus
Navarra Aurel Musset Lamprecht Kind Kirchhoff Hugo Moltke
Nestroy Marie de France

Nietzsche Nansen Laotse Ipsen Liebknecht
Marx Ringelnatz
von Ossietzky Lassalle Gorki Klett Leibniz
May vom Stein Lawrence Irving
Petalozzi Platon Knigge
Sachs Pückler Michelangelo Kock Kafka
Poe Liebermann Korolenko
de Sade Praetorius Mistral Zetkin

Der Verlag tradition aus Hamburg veröffentlicht in der Reihe **TREDITION CLASSICS** Werke aus mehr als zwei Jahrtausenden. Diese waren zu einem Großteil vergriffen oder nur noch antiquarisch erhältlich.

Symbolfigur für **TREDITION CLASSICS** ist Johannes Gutenberg (1400 — 1468), der Erfinder des Buchdrucks mit Metalllettern und der Druckerpresse.

Mit der Buchreihe **TREDITION CLASSICS** verfolgt tradition das Ziel, tausende Klassiker der Weltliteratur verschiedener Sprachen wieder als gedruckte Bücher aufzulegen – und das weltweit!

Die Buchreihe dient zur Bewahrung der Literatur und Förderung der Kultur. Sie trägt so dazu bei, dass viele tausend Werke nicht in Vergessenheit geraten.

Das verlorene Lachen

Gottfried Keller

Impressum

Autor: Gottfried Keller
Umschlagkonzept: toepferschumann, Berlin

Verlag: tredition GmbH, Hamburg
ISBN: 978-3-8424-6888-7
Printed in Germany

Text der Originalausgabe

Gottfried Keller

Das verlorene Lachen

Erstes Kapitel

Drei Ellen gute Bannerseide,
Ein Häuflein Volkes, ehrenwert,
Mit klarem Aug, im Sonntagskleide,
Ist alles, was mein Herz begehrt!
So end ich mit der Morgenhelle
Der Sommernacht beschränkte Ruh
Und wandre rasch dem frischen Quelle
Der vaterländschen Freuden zu.

Die Schiffe fahren und die Wagen,
Bekränzt, auf allen Pfaden her;
Die luftge Halle seh ich ragen,
Von Steinen nicht noch Sorgen schwer;
Vom Rednersimse schimmert lieblich
Des Festpokales Silberhort:
Heil uns, noch ist bei Freien üblich
Ein leidenschaftlich freies Wort!

Und Wort und Lied, von Mund zu Munde,
Von Herz zu Herzen hallt es hin;
So blüht des Festes Rosenstunde
Und muß mit goldner Wende fliehn!
Und jede Pflicht hat sie erneuet,
Und jede Kraft hat sie gestählt
Und eine Körnersaat gestreuet,
Die niemals ihre Frucht verfehlte

Drum weilet, wo im Feierkleide
Ein rüstig Volk zum Feste geht
Und leis die feine Bannerseide
Hoch über ihm zum Himmel weht!
In Vaterlandes Saus und Brause,
Da ist die Freude sündenrein,
Und kehr nicht besser ich nach Hause,
So werd ich auch nicht schlechter sein!

Dieses Lied sang der Fahnenträger des Seldwyler Männerchores, welcher an einem prachtvollen Sommermorgen zum Sängerfeste wanderte. Nachdem die Herren am Abend vorher aufgebrochen und einen Teil des Weges auf der Schienenbahn befördert worden waren, hatten sie beschlossen, den Rest in der Morgenkühle zu Fuß zu machen, da es nur noch durch schöne Waldungen ging.

Schon breitete sich der glänzende See vor ihnen aus mit der bunt beflaggten Stadt am Ufer, als die sechzig bis siebzig jüngeren und älteren Männer des Vereines in zerstreuten Gruppen durch einen herrlichen Buchenwald hinabstiegen und das hinter den großen Stämmen wohnende Echo mit Jauchzen und einzelnen Liederstrophen widerhallen ließen, auch etwa einem weiterhin niedersteigenden Fähnlein antworteten.

Nur der allen vorausziehende Fahnenträger, ein schlank gewachsener junger Mann mit bildschönem Antlitz, sang sein Lied vollständig durch mit freudeheller und doch gemäßigter Baritonstimme. Geschmückt mit breiter reich gestickter Schärpe und stattlichem Federhut, trug er die ebenso reiche, schwere Seidenfahne, halb zusammengefaltet, über die Schulter gelegt, und deren goldene Spitze funkelte hin und wieder im grünen Schatten, wo die Strahlen der Morgensonne durch die Laubgewölbe drangen.

Als er nun sein Lied geendet, schaute er lächelnd zurück und man sah das schöne Gesicht in vollem Glücke strahlen, das ihm jeder gönnte, da ein eigentümlich angenehmes Lachen, wenn es sich zeigte, jeden für ihn gewann.

»Unser Jukundi«, sagten die hinter ihm Gehenden zueinander, »wird wohl der schönste Fähnrich am Feste sein.« Er führte nämlich den heiter klingenden Namen Jukundus Meyenthal und wurde mit allgemeiner Zärtlichkeit schlechtweg der Jukundi genannt. Es erwahrte sich auch die Hoffnung; denn als die Seldwyler, am Orte angekommen, sich zum Einzuge unter die langen Sängerscharen reihten, erregte seine Erscheinung, wo sie durchzogen, überall großes Wohlgefallen.

Denjenigen, welche schon mehrere Feste gesehen hatten, war er auch schon auf das vorteilhafteste bekannt als eine mustergültige Festerscheinung. Von steter Fröhlichkeit und Ausdauer vom ersten bis zum letzten Augenblicke, war Jukundi dennoch die Ruhe und

Gelassenheit selbst; immer sah man ihn teilnehmend an jeder allgemeinen Freude und an jeder besonderen Ausführung, ausharrend und hilfreich, nie überlaut oder gar betrunken. Den schreienden Possenmacher wußte er zu ertragen wie den übellaunischen Festgast, der sich übernommen und die Freude verdorben hatte, und beide verstand er voll Duldung und Freundlichkeit aus allerlei Fährlichkeiten zu erlösen, wenn die allgemeine Geduld zu brechen drohte, und sie aus beschämendem Schiffbruche zu erretten. Selbst den bewußtlosen Jähzornigen führte er, alle Schmähungen überhörend, mit stillem Geschick aus dem Gedränge und erwarb sich Dank und Anhänglichkeit des Nüchterngewordenen.

In dieser Übung konnte er übrigens nur als eine Darstellung aller Seldwyler gelten, wenn sie zu Feste zogen. So ungeregelt und müßig sie sonst lebten, so sehr hielten sie auf Ordnung, Fleiß und gute Haltung bei solchen Anlässen. Rühmlich zogen sie auf und wieder ab, eine gut gemusterte einige Schar, solange die Lustbarkeit dauerte, und sich im voraus auf die zwanglose Erholung freuend, welche zu Hause nach so ernster Anstrengung sich langehin zu gönnen sein werde.

In dieser Weise hatten sie auch den Gesang, mit welchem sie am Sängertage um den Preis zu ringen gedachten, trefflich eingeübt und schonten ihre Stimmen mit großer Entbehrung. Sie hatten eine Tondichtung gewählt, welche »Veilchens Erwachen!« betitelt und auf irgendein nichtssagendes Liedchen aufgebaut, aber so künstlich und schwer auszuführen war, daß es schon Monate vorher ein großes Gerede gab an allen Orten, als ob die Seldwyler zuviel unternommen und sich dem Untergang ausgesetzt hätten.

Als aber der Tag der Wettgesänge vorgerückt war und in der mächtigen weiten Halle Tausende von Hörern vor fast so viel tausend Sängern saßen und das Häuflein der Seldwyler, da ihre Stunde gekommen, mit dem Banner einsam vortrat in dem Menschenmeere, da hielten sie den ebenso zarten als schweren Gesang durch alle schwierigen Harmonien und Verwickelungen hindurch aufrecht ohne Wanken und ließen ihn so weich und rein verhauchen, daß man das blaue Veilchenknöspchen glaubte leise aufplatzen und das erste Düftlein durch die Halle schweben zu hören.

Rauschend, tosend brach der Beifall nach der atemlosen Stille los, die erhabenen Kampfrichter nickten vor allem Volke sichtbar mit den Häuptern und sahen sich an, die goldenen Dosen ergreifend, Ehrengeschenke entlegen wohnender Fürsten und Völker, und sich gegenseitig Prisen anbietend; denn es befanden sich von den ersten Kapellmeistern darunter.

Die Seldwyler selbst traten mit ruhiger Haltung zurück und wußten ohne Aufsehen aus der Schlachtordnung sich hinauszuwinden, um in einem schattigen Garten ein mäßiges Champagnerfrühstück einzunehmen. Keiner begehrte mehr als seine drei Gläser zu trinken, niemand merkte, wo sie gewesen seien, als sie wieder in der Halle sich einfanden.

Dergestalt würdig verhielten sie sich während der Dauer des ganzen Festes, bis die Stunde der Preisverteilung kam. Das Gold der Nachmittagssonne durchwebte den bis zum letzten Platz angefüllten Festbau, welcher mit rotem Tuch und Grün ausgeschlagen, mit vielen Fahnen geschmückt, in feierlichem Glanze wie zu schwimmen schien. Auf erhöhter Stelle, wo die zu Preisen und Festgeschenken bestimmten Schalen und Hörner in Gold und Silber leuchteten, saßen einige Jungfrauen, auserwählt die Kränze an die gekrönten Sängerfahnen zu binden.

Oder vielmehr dienten sie der schönsten und größten unter ihnen zum Geleit, der schönen Justine Glor von Schwanau, welche sich mit vieler Mühe hatte erbeten lassen, das Anbinden der Kränze zu übernehmen. Sie sah auch aus wie eine Muse; im reichgelockten braunen Haar trug sie einen frischen Rosenkranz und das weiße Gewand rot gegürtet.

Aller Augen hafteten an ihr, als sie sich erhob und den ersten Kranz ergriff, welcher soeben den Seldwylern unter Trometen- und Paukenschall zugesprochen worden war. Zugleich sah man aber auch den Jukundus, der unversehens mit seiner Fahne vor ihr stand und in frohem Glücke lachte. Da strahlte wie ein Widerschein das gleiche schöne Lachen, wie es ihm eigen, vom Gesichte der Kranzspenderin, und es zeigte sich, daß beide Wesen aus der gleichen Heimat stammten, aus welcher die mit diesem Lachen Begabten kommen. Da jedes von ihnen sich seiner Eigenschaft wohl mehr oder weniger bewußt war und sie nun am andern sah, auch das

Volk umher die Erscheinung überrascht wahrnahm, so erröteten beide, nicht ohne sich wiederholt anzublicken, während der Kranz angeheftet wurde.

Eine Stunde später ordnete sich der letzte und rauschendste Zug durch die Feststadt, unter den unzähligen Wimpeln und Kränzen und durch das wogende Volk hindurch, indem die gewonnenen Festgeschenke und die gekrönten Fahnen umhergetragen wurden. Da sahen sich die beiden wieder, als Justine von der Gartenzinne ihrer Gastfreunde aus den Zug anschaute und Jukundus vorüberziehend seine Fahne schwenkte; und am Abend ereignete es sich, da das gute Glück heute besonders fleißig war, daß Jukundus während des Schlußbankettes der Schönen am gleichen Tische gegenüber zu sitzen kam, so daß sie um Mitternacht schon in aller Fröhlichkeit und Freundlichkeit aneinander gewöhnt waren.

Sie trafen sich auch am nächsten Morgen als gute Bekannte auf einem großen beflaggten Dampfboote, welches die Festregierung mit einer Zahl eingeladener Verdienst- und Ehrenpersonen und auswärtiger Freunde zu einer Lustfahrt den See entlang tragen sollte. Ein wolkenloser Himmel breitete sich über Wasser, Land und Gebirge und öffnete die letzten Quellen edler Freude, welche noch verschlossen sein konnten. Das Schiff durchfurchte das tiefgrüne kristallene Wasser, bald von den Klängen guter Musik getragen, bald von Liedern umtönt. Von den blühenden Ortschaften an den weithin sich ziehenden Ufern rechts und links schallten Grüße und winkten Fahnen herüber, und mit Stolz wies man den Gästen das wohlbebaute Land, die reichen Wohnsitze und Ortschaften. Ein stattlicher Kranz von Frauen saß auf erhöhtem Platze des Schiffes, unter ihnen Justine Glor in schöner einfacher Modekleidung, den Sonnenschirm in der Hand, so daß Jukundus, als er in seiner Fahnenträgertracht grüßend vor sie trat, überrascht von ihrem veränderten und fast noch feinern Aussehen, beinahe befangen wurde. Sie wechselten jedoch nur wenige Worte, wie zu geschehen pflegt, wenn ein reichlich langer Sommertag zu Gebote steht.

Als eine Weile später Jukundus wieder in ihre Nähe kam, winkte sie ihm und teilte ihm mit, daß ihre Eltern in Schwanau, welches am obern Teile des Sees lag, die ganze Gesellschaft auf den Abend in ihre Gärten einladen, daß das Schiff dort vor Anker gehen würde und daß sie hoffe, er werde auch so lange dabei bleiben. Diese vertrauliche Mitteilung, von der nur noch wenige wußten, trug ihm sofort Anspielungen und Glückwünsche der Umstehenden ein, die er bescheidentlich ablehnte, aber gerne vernahm.

In der Tat wurde es bald kund, daß das Schiff gegen Abend in Schwanau anhalten würde und daß alle gebeten seien, die letzte Erfrischung im Besitztume der Familie Glor einzunehmen. Dieselbe tat das der Tochter zu Ehren, um zu zeigen, daß sie wo zu Hause sei und eigentlich nicht nötig habe, an fremden Festtafeln zu sitzen, sondern selbst ein Fest geben könne. Denn es waren Leute, die auf ihre Besitztümer, als selbsterworbene, etwas viel hielten.

Um also den vielverheißenden Abend unverkürzt zu genießen, wurden die Aufenthalte an den übrigen Uferorten, wo das Schiff erwartet wurde, genau abgemessen und innegehalten, und das tönende und singende Schiff fuhr rechtzeitig quer über den funkelnden See, von Kanonenschlägen begrüßt, nach Schwanau hinüber und legte an, wo die hohen Bäume der Glorschen Gärten sich im Wasser spiegelten und darüber weg von den Terrassen und Hügeln ihre Häuser glänzten.

Während das Sängervolk sich unter den Bäumen ausbreitete, verschwand Justine im Hause, um den Ihrigen Handreichung zu tun, wogegen der Vater und die Brüder sich um die zahlreichen Gäste und deren Begrüßung bemühten. In Lauben und Veranden waren Niederlassungen für die Frauen mit den entsprechenden Erfrischungen bereitet; in einer frischgemähten Wiese, unter Fruchtbäumen, lange Tische für die Männer gedeckt. Es dauerte aber nicht lange, so waren auch alle Frauen auf der Wiese, angelockt von den Scherzen, Possen und Neckereien, welche die junge Männerwelt unter sich trieb, um ein Aufsehen zu erregen. Und es gab genug zu schauen und zu lachen, da Laune und Geschicklichkeit der einzelnen hundert kleine artige Erfindungen und Stücklein hervorbrachten, wobei das Naivste, mit guter Art entstanden, in der allgemeinen glücklichen Stimmung den herzlichsten Beifall weckte. Selbst ein unvermutet geschlagener Purzelbaum fand seine Gönner und sogar der unglückliche Virtuose, welcher auf seinem Frisierkamm allen Ernstes eine gefühlvolle Weise hatte blasen wollen und daran scheiterte, freute sich über die ungetrübte Heiterkeit, die er erweckt, und tat den ihm aufgesetzten Strohkranz nicht mehr vom Kopfe.

Nur Jukundus fühlte sich etwas vereinsamt in dem Treiben, weil er Justinen gar zu lange nicht mehr erblickte, an die er schon ein kleines Anrecht zu haben glaubte, wenigstens für diesen letzten Tag. Indessen fand sich eine holde Erlösung, da unversehens die Jungfrau dicht bei ihm stand, ohne daß er wußte, wo sie herkam, und ihn dem Vater und den Brüdern vorstellte als den Bannerherren des erstgekrönten Vereines. Er wurde von den Männern höflich und auch freundlich gegrüßt und willkommen geheißen, aber nicht ohne jene feste kühle Haltung, welche so reiche Arbeitsherren einem nichts oder wenig besitzenden Seldwyler gegenüber bewahren mußten, insofern er etwa Mehreres vorzustellen gedächte als einen stattlichen Festbesucher.

Der gutmütige Sänger fühlte das doch augenblicklich und wurde etwas verlegen; so auch Justine, welche ihn darum zur Entschädigung weiter führte, als die Herren weggegangen, und ihm das Gut zu zeigen vorschlug.

Zwei gleichgebaute villenartige Häuser neuesten Stiles, welche zunächst dem See in den schattigen Anlagen standen, bezeichnete sie ihm als die Wohnungen der beiden Brüder, wovon jeder schon seine eigene Familie gegründet hatte, ohne deswegen aus der Gesamtfamilie auszuscheiden. Dann stieg sie mit ihm Wege und Treppen empor, bis wo über den Wipfeln der untern Bäume die Wohnung der Eltern stand, worin sie selber lebte, von etwas älterer Bauart, aber immerhin ein stattliches Herrenhaus, umgeben von Wirtschaftsgebäuden und Ställen; weiterhin sah man lange hohe Gewerbshäuser mit zahllosen Fenstern, welche an die staubige Landstraße grenzten, die hier vorüberführte. Jenseits der Straße aber, an dem ansteigenden Bergabhang, dehnten sich Äcker, Weinberge und Wiesen mit Wäldern von Obstbäumen, und hoch über allem diesem zeigte ihm Justine das Haus der Großeltern als den Stammsitz der Ihrigen, in der Abendsonne weit über das Land hin schimmernd, ein weitläufiges vornehmes Bauernhaus von altertümlicher Bauart, mit hellen Fensterreihen, weißem Mauerwerk und buntbemaltem Holzwerk an Dach und Scheunen, mit steinernen Vortreppen und künstlich geschmiedeten eisernen Geländern. Hier hausten der Großvater und die Großmutter mit ihrem Gesinde, beide achtzigjährige Landleute, beide noch täglich und stündlich schaffend und befehlend, zähe und gestrenge alte Personen von einfachster Lebensweise und stets fertig mit ihrem Urteil über alle jüngeren, wie Justine ihrem Begleiter sie schilderte. »Wollen wir noch schnell hinauf gehen und sie grüßen, da sie es verschmähen, von ihrer Höhe herunterzusteigen und unsere Lustbarkeit anzusehen? Es ist eine herrliche Aussicht dort oben!« so sagte das Mädchen. Aber Jukundus empfand eine Art Scheu vor den Alten und dankte höflich für weitere Bemühung seiner Führerin, da ihn überdies all das ausgedehnte Wesen eher ängstigte als erfreute.

Sie kehrten daher wieder zurück und mischten sich unter die Festgenossen, die je länger je lustiger wurden, bis im Osten der Vollmond aufging und nach dem Niedergang der Sonne hinüberschaute, so daß Rosen und Silber sich in den Lüften und auf den Wassern vermengten und das Schiff zur Abfahrt bereitet, auch bald bestiegen wurde.

Es gab ein Gedränge hiebei, da jeder den Wirten, die am Ufer standen, die Hand geben wollte, während die Schiffleute zur Eile mahnten. So kam es, daß Jukundus Meyenthal von seinem Vorhaben, von der schönen Justine Abschied zu nehmen, abgedrängt wurde und dem Strome folgen mußte, da sie nicht am Wege stand. Freilich schüttelten auch ihm Vater und Brüder die Hand, flüchtig sprechend: »Es hat uns gefreut«; aber der eine nannte ihn Herr Thalmeyer, der andere Meienberg, der dritte gar Herr Meierheim, und keiner sagte: »Auf Wiedersehen!«

Als das Schiff in den Abendglanz hinausfuhr, sah er sie auch nicht mehr, da sie mit den anderen Frauen im dunkelnden Schatten der Bäume stand.

Zu Hause lebte Jukundus bei seiner Mutter, deren einziger Sohn und Jukundi er war und deren große Hoffnung. Weil der Vater früh gestorben, so hatte er das von auswärts zugebrachte Vermögen der Frau nur halb aufbrauchen und sie mit der anderen Hälfte den Sohn aufziehen können; und es war auch jetzt noch etwas da, obschon er noch keinen entschiedenen Anlauf gemacht und noch wenig erworben hatte. Aber es war von ihm auch noch nichts verschwendet worden, weil er der Mutter, von welcher er seine Schönheit und Gesundheit besaß und die ihn mit Freundlichkeit liebte, leidlich gehorchte und sich von ihr leiten ließ.

Bei einem bestimmten Berufe war er noch nicht geblieben. Zuerst hatte es geschienen, daß er für technisches Wesen Neigung zeige, und er war deshalb eine Zeitlang auf die Bureaus eines Ingenieurs gegangen. Dann änderte sich aber diese Stimmung zugunsten des Kaufmannsstandes und er trat in ein Geschäft ein, welches bald darauf aus Mißgeschick sich auflöste, ohne daß er viel einbüßte; jetzt war er gerade in der Richtung, sich dem Militärwesen zu widmen, indem er sich zu einem Unterrichts- und Stabsoffizier ausbildete. Da er hiebei den größten Teil des Jahres auf den Waffenplätzen zuzubringen hatte und Sold empfing, so gewährte das für einstweilen ein stattliches Dasein, ohne daß es bei seiner mäßigen Lebensweise großen Zuschuß eigener Mittel erforderte.

Als er nun nach dem Feste in schmuckem Kriegsgewand und den Säbel an der Seite zu Pferde saß, beschaute ihn seine Mutter mit Wohlgefallen und bemerkte dabei, daß sein anmutiges Lächeln eine kleine Beimischung von Melancholie oder dergleichen gewonnen hatte. Er schien auszusehen wie einer, der irgendein Heimweh oder eine Sehnsucht aufgelesen hat. Sie dachte darüber nach und stellte auch einige vorsichtige Forschungen an, und als sie von dem Abenteuer mit der Kranzjungfrau hörte und wie er etwa von den andern damit genecht wurde, ging ihr ein Licht auf, bei dessen Scheine sie sofort still an die Arbeit ging, um ein Glück zu schaffen, wohl angemessen und gut genäht.

Nachdem sie mehr aus den Mienen als aus den wenigen Äußerungen Jukundis gemerkt hatte, daß sich dem also verhielte, wie sie meinte, daß er aber als ein bescheidener und die Verhältnisse wohl durchschauender Mensch kaum große Unternehmungslust verspürte, sagte sie vorderhand nichts mehr. Als aber der Sommer vorgerückt war, verkündigte sie, zum ersten Male in ihrem Leben, daß sie in ihren Jahren doch anfangen müsse etwas für die Gesundheit zu tun und für einige Wochen einen schönen Kurort zu besuchen Lust habe, wenn Jukundus die Kosten nachher mit ihr gemeinschaftlich durch Sparsamkeit wieder einbringen wolle. Er erklärte sich sofort dazu bereit und sie reiste vergnügt hierüber und in bester Gesundheit ab, mit ihrem schönsten Staate beladen.

Sie gab ihrem Sohn die Weisung, dannzumal, wenn sie ihn benachrichtigen würde, sie heimzuholen und es aber so einzurichten, daß er auch noch einige Tage an jenem Orte verweilen könne.

Bald darauf tauchte sie in der nicht unberühmten und herrlich in einer Gebirgsgegend gelegenen Kuranstalt auf und setzte sich wohlgeputzte aber mit unbefangener Haltung unten an die Tafel, an welcher oben die reiche und hochangesehene Frau Gertrud Glor von Schwanau mit ihrer schönen Tochter Justine saß und die Gelegenheit beherrschte. Sie war ebenso hoch gewachsen wie die Mutter Jukundi, aber bedeutend fester, mit weisen und etwas strengen

Blicken, und gab gern zu verstehen, daß man sie nicht nur im Kreise der Ihrigen, sondern auch in der Gemeinde, ja wohl noch in weiteren Bezirken, eine »Stauffacherin« nenne, wahrscheinlich weil sie auch Gertrud heiße, wie die rat- und tugendreiche Ehewirtin in Schillers berühmtem Schauspiel Wilhelm Tell.

Sie ließ sich aber etwan belehren, daß man gar wohl wisse, was der Name zu bedeuten habe, und daß er das Ideal einer klugen und starken Schweizerfrau bezeichne, einen Stern und Schmuck des Hauses und Trost des Vaterlandes.

Frau Meyenthal hörte das am ersten halben Tage, den sie am Orte zubrachte, hielt sich aber ganz still und zurückgezogen, und erst gegen Ende des zweiten Tages, als Frau Gertrud nicht mehr dulden konnte, daß ein weiblicher Ankömmling von ihr ungekannt sei, ließ die Mutter Jukundi sich von ihr abfangen und in ein höfliches kurzes Gespräch verwickeln. Doch fand sie im Verlaufe desselben rasch die Gelegenheit, die Hand der festen Dame zu ergreifen und in herzlichem Tone mitzuteilen, sie fühle sich gedrängt, ihre Freude darüber zu äußern, daß sie eine solche wahrhafte Stauffacherinnengestalt kennen gelernt habe! Man erwarte jeden Augenblick, sie aus einem wappen- und spruchgezierten Schwyzerhause hervortreten zu sehen und wie sie die trostreiche Hand auf die Schulter des sorgenvollen Eheherren lege!

Während Frau Glor von Schwanau wohlgefällig errötete, erschrak ihrerseits Frau Meyenthal, als während ihrer Rede ihre Augen die schöne Tochter Justine überflogen, die dabei stand; sie sah deren holdes Lächeln, welches dasjenige ihres Sohnes war, genau mit dem gleichen Schatten einer leisen Sehnsucht gemischt wie das seinige.

Frau Meyenthal erschrak über dieses wundervolle Naturspiel, diese unverkennbare Willensäußerung des Schicksals und diese offenbare Tatsache überhaupt, zumal Justine, welcher das Gesicht der Mutter des Fahnenträgers bekannt und vertraut erschienen war, keinen Augenblick zweifelte, wen sie vor sich habe, als sie ihren Namen und Herkunft hörte, und daher ein kurzes unbewachtes Weilchen eben mit jenem Lächeln erfreut an ihren Augen hing.

Als die Sonne niederging, beglänzte sie die drei hohen Frauengestalten, welche, seltsam bewegt von der Liebe zu sich selbst oder von der Liebe und Sorge für andere, auf der Bergeshöhe beisammenstanden und einigermaßen verwirrt auseinander zu schweben schienen.

Die Mutter Jukundi faßte sich jedenfalls am schnellsten, indem sie noch am gleichen Abend ihrem Sohne schrieb, er solle in etwa einer Woche sie besuchen, um nach einigen Tagen Aufenthalt mit ihr heimreisen zu können. Gegen die Frauen von Schwanau tat sie hierauf, als ob sie keine Ahnung von der Begegnung auf der Sängerfahrt hätte, und die Frau Gertrud erinnerte sich der Sache auch kaum und hatte den hübschen Fahnenträger zu jener Zeit gar nicht gesehen, da sie wegen der Bewirtung meist im Innern eines Gartenhauses geblieben war.

Nur Justine war befangen und in Unruhe; sie wagte nicht die neue Bekannte nach dem Sohne zu fragen, und doch glaubte sie auch nicht gerne, daß er so gar nichts von dem Festerlebnisse und von ihr zu Hause erzählt haben sollte. Frau Meyenthal wollte aber, daß die jungen Leute sich ganz unerwartet und unverhofft wiedersähen, und hielt sich daher zurück, ohne die Gelegenheit indessen zu versäumen, bei der alten Stauffacherin mehr als einen Stein im Brett zu erobern durch kluges Benehmen. Denn man konnte jene insofern schon die alte Stauffacherin nennen als die schöne, gute Justine in ihrer vollsten Lebensblüte stand und ihr nichts mehr fehlte zur Würde und Übung eigenen Stauffachertums als ein für die Geschicke des Landes in Sorgen stehender Gemahl.

Daß ein solcher nicht schon vorhanden war, lag in den seltsamen Geschicken, welche gerade ausgezeichnete Jungfrauen so oft zu Jahren kommen lassen wegen der scheinbaren Kälte, für welche ihre edle Ruhe gehalten wird, wegen der eifersüchtigen Hut, deren sie sich seitens der Ihrigen erfreuen, und vor allem auch durch Wahrung des größern Rechtes, das sie besitzen, nur auf die Stimme des Herzens zu achten.

Endlich kam aber ein schöner Abend über das Gebirge und mit ihm langte Jukundus an, und zwar, da er aus einem Feldlager kam und nur wieder in ein anderes gehen mußte, in militärischer Tracht, mit etwas Rot und mit etwas Gold am dunklen Kleide. Nachdem er sich erfrischt und genugsam mit der Mutter geplaudert hatte, ging er ahnungslos mit ihr spazieren und sie lenkte den Weg dahin, wo sie die beiden Schwanauerinnen wußte, durch das Gehölz auf einen einsamen Felsvorsprung, der mit Sitzen und Geländern versehen war, hoch über einer blauenden Taltiefe.

Die plötzliche Glückseligkeit der beiden jungen Personen, die sich beim unverhofften Wiedersehen auf ihren Gesichtern zeigte, die Gleichartigkeit derselben und das eigentümliche kindliche Lächeln, das sie begleitete, gingen so über alle Vorstellung und Erwartung selbst der Mutter Meyenthal, daß von Kunst und Durchspielen einer Rolle bei ihr keine Rede mehr sein konnte und sie nur froh war, so ruhig und besonnen als möglich den Dingen zuzusehen.

Frau Gertrud aber wendete ganz verstaunt kein Auge von den Kindern und lenkte ihre Blicke immer von einem Gesichte auf das andere. Zuletzt legten sich aber die sanften Wellen der allgemeinen unversehenen Aufregung und es entspann sich ein höchst angenehmes Geschwätz und Gezwitscher, über welchem der Mond aufging, der in der Tiefe der Täler verborgen gewesene Bäche und Weiher beglänzte, daß sie wie goldene Sterne heraufleuchteten.

Frau Gertrud Glor empfand eine Art von Wonne, wie wenn sie ein eigenes verschollenes Jugendglück neu erlebte, und nahm die Mama Meyenthal an den Arm, als auf dem Wege zum Kurhause die Kinder nebeneinander vorangingen und abwechselnd plauderten oder schwiegen. Frau Meyenthal ihrerseits war gerührt und betroffen von der Wichtigkeit der Tatsache und in beide Kinder gleichmäßig verliebt und zugleich in Sorgen, wie das nun enden würde.

Bei der Abendtafel erhöhte sich die glückliche Stimmung womöglich, wie es zu geschehen pflegt, wenn eine eingekehrte schöne Hoffnung die Beteiligten und Mitwissenden belebt und sie reizt, das Geheimnis ungefährdet an der allgemeinen Fröhlichkeit zu sonnen.

Frau Gertrud Glor trank ein kleines Spitzchen mit Jukundus aus lauter Wohlgefallen an seiner guten und schönen Haltung, und als beim Schlafengehen die Tochter sie umhalste und einige schwere

Tränen in der Mutter Halskrause niederlegte, wie einen sauer ersparten Zinsgroschen, da war sie gar nicht verwundert, sondern streichelte dem Kind teilnahmvoll die Wangen.

Aber kaum war das Spitzchen notdürftig ausgeschlafen, was schon bald nach Mitternacht getan war, da es nur klein gewesen, wie es einer Stauffacherin geziemt, so wachte sie sorgenvoll auf und besah sich den Schaden die übrige Nacht hindurch, während Justine auch nicht schlief und wohl merkte, daß die Mutter wachte. Aber sie hielt sich mäuschenstill und war nur glücklich, daß sie keine Zeit mit Schlafen verlor und unaufhörlich an die Sache denken konnte.

Der Mutter indessen wurde es mit der zunehmenden Morgendämmerung immer deutlicher, daß ja unmöglich ein Mann aus Seldwyla in die Familie heiraten dürfe, aus dem Orte, in welchem noch nie einer auf einen grünen Zweig gekommen sei und wo niemand etwas besitze. Sie wachte daher mit Sorge, aber auch mit Entschlossenheit dem Morgen entgegen, um das entstehende Übel im Werden zu ersticken, das ihr um so größer erschien, wenn sie noch der strengen Gesinnung der Männer ihres Hauses in diesem Punkte gedachte.

Bestärkt wurde sie noch in diesen Vorsätzen, als um die Zeit des Sonnenaufganges ein später Schlafgänger, offenbar angetrunken, die Treppen heranstieg und von einem Hausbediensteten an den verschiedenen Zimmertüren vorbeigeleitet wurde, nicht ohne vor derjenigen der Glorschen Frauen über deren Schuhe zu stolpern und dieselben mit dem Fuße wegzuschleudern. Die Schuhe der Mama fuhren, der eine überzwerch, der andere mit dem Hinterteil voran, den ganzen Korridor entlang; die Stiefelchen der Tochter aber reisten, infolge eines rückwärts scharrenden Stoßes, wie zwei wettfahrende Schifflein der Treppe zu und über dieselbe hinunter.

»Aha!« rief drinnen die wachsame Frau, »da haben wir den Seldwyler!«

Und das Herz wurde ihr schon leichter über diesen rechtzeitigen Enthüllungen.

Justine saß aber auch schon aufrecht in ihrem Bette und lauschte mit angstvoller Spannung; als sie noch ein paar Worte oder Laute des draußen Hinwandelnden gehört, rief sie ihrerseits erleichtert, ja mit sündlicher Freude: »Es ist nicht der Hauptmann! Es ist ja unser Rudolf, der Stimme nach zu urteilen!«

Die Mutter sah sich überrascht nach der Tochter um und sagte fast erbost: »Bist du bei Verstand? Wie soll unser Rudolf hieher kommen und zu dieser Stunde? Und seit wann stolpert der betrunken in den Gasthäusern herum? Und ist er nicht eben jetzt weit weg bei einer Militärübung?«

Es war aber dennoch der jüngere Sohn und Augapfel der Frau Gertrud, der soeben zu Bett gegangen auf diesem hohen Berge.

Er war spät in der Nacht noch eilig mit einem Führer angekommen, erschöpft und anscheinend mit einem Kummer belastet. Auch er trug den Soldatenrock und kam soeben von seinem Waffenplatze hergeflüchtet, wo er von einem andern Offizier, den er beleidigt hatte, gefordert worden war. Da er sich mehr auf die Buchführung und die Kurszettel verstand als auf Duellangelegenheiten und eine junge Frau mit zwei kleinen Kindlein besaß und sich beklemmt fühlte, so hatte er sich Bedenkzeit genommen und war schnell hieher gelaufen, um seine Mutter zu Rate zu ziehen, wie er sich verhalten solle.

Im Speisesaal hatte er noch den Jukundus getroffen, welcher, keine Schlaflust verspürend, in angenehmer Träumerei noch ein Stündchen allein verwachte. Der gemeinsame Kriegspfad, auf dem sie wandelten, zwang die beiden Herren sich zu begrüßen und eine Unterhaltung zu eröffnen, als der Leutnant Glor sich an den Tisch setzte, um noch ein Nachtessen einzunehmen. Weil er kürzlich von dem guten Ansehen vernommen, in welchem der Hauptmann Meyenthal in militärischen Kreisen bereits stand, erneuerte er jetzt gern dessen Bekanntschaft und fühlte sich gleich vertrauensvoll zu ihm hingezogen. Von einigen Gläsern Weines, die er in seiner Aufregung rasch getrunken, hingerissen, erzählte er dem Jukundus bald seinen Handel und wie er nun hergekommen sei, seine Mutter, welche nämlich eine wahre Stauffacherin genannt werden müsse und für alles einen Rat besitze, um ihre Meinung zu befragen.

Jukundus gab ihm aber den Rat, das nicht zu tun, wenn er den Handel nicht verschlimmern wolle. Er setzte ihm auseinander, wie nach der einmal herrschenden Anschauung in solchen Sachen er Gefahr laufe, als Offizier unmöglich zu werden, sobald es ruchbar würde, daß er seine Duellangelegenheiten der Mutter anvertraue und ihre Weisungen befolge.

Da versank Herr Rudolf in neue Kümmernis; denn es wollte ihm vernünftigermaßen durchaus nicht einleuchten, warum er wegen solcher Dummheiten von Frau und Kindern wegsterben solle.

Jukundus befragte ihn jetzt um die eigentliche Natur des Streites und was denn vorgefallen sei?

Rudolf hatte mit drei andern Kriegern eine Partie Karten gespielt. Nach Beendigung einer Tour, in welcher sein Partner nicht nach Rudolfs Wunsch ausgespielt hatte, ward der Verlauf, während die Karten neu gegeben wurden, kritisiert und zwar mit den Konjugationen der gegenwärtigen Zeit. Ich spiele also dies, hieß es, und du jenes; nun muß er so spielen und nicht so, und ich werde hierauf zu ihm halten und das spielen, worauf du wieder jenes spielen wirst, das ist doch klar, wenn wir gewinnen wollen. – Nein, das ist nicht klar, hatte Rudolfs Partner erwidert, sondern ich steche zunächst den Trumpf ab und spiele dann jenes!

»Dann spielst du wie ein Esel!« hatte Rudolf gerufen, worauf dann sogleich allgemeiner Aufbruch und am andern Morgen die Forderung erfolgt war in so feierlicher und barscher Form, daß der gute junge Mann gar nicht hatte dazu kommen können, sich in genugtuender Weise zu erklären.

Als Jukundus über diese Geschichte lächelte und noch den Namen des Forderers erfuhr, sagte er: »So, der! Nun der muß in Gottes Namen alle Jahr eine Forderung von Stapel lassen, damit seine Ehre nicht schimmelig wird! Die Ihrige aber, Herr Leutnant, erfordert allerdings, daß Sie wegen dieses Vorfalls Ihr Leben nicht aufs Spiel setzen und also dem Gegner einfach erklären, daß er nicht wie ein Esel gespielt haben würde, sondern in jeder beliebigen anderen Eigenschaft, welche er vorzöge! Sie können daraus immerhin die Lehre ziehen, daß man sich in Uniform stets einer etwas gemessenen Sprache bedienen sollte, auch in den Stunden der Erholung. Nun darf es aber durchaus nicht den Anschein haben, als ob Ihre Erklärung das Ergebnis einer Unterredung mit der Mutter wäre, wenn Sie, wie ich schon gesagt, nicht noch schlimmere Folgen herbeiführen wollen. Wenn Ihnen daher damit gedient ist, will ich als Ihr Ratgeber und Helfer auftreten und dem Herren gleich jetzt mit drei Zeilen schreiben, daß Sie mit mir gesprochen und jene genugtuende Erklärung abgegeben haben und zwar auf meinen Rat! Morgen früh wird der Brief abgehen und die Sache wird damit zu aller Zufriedenheit abgetan sein, dafür kann ich Ihnen bürgen!«

Jetzt war von dem Herzen des jungen Kriegers ein großer Stein gefallen, und um seine Dankbarkeit zu beweisen und zugleich sich für die ausgestandene Sorge zu entschädigen, hatte er in gewaltsamer Weise vieles und gutes Getränke kommen lassen und den hilfreichen Freund bis zum anbrechenden Morgen festgehalten. Der war auch gern bei ihm sitzen geblieben und hatte gar willig dem frohen Geplauder des jungen Mannes zugehört, der Justines Bruder war. Allein der Wein verzischte unschädlich in der Tiefe seiner warmen Neigung und er ging still und mit guten Sinnen zu Bette, während jener so geräuschvoll sein Lager suchte.

So hatten sich nun für die Stauffacherin, während sie über das Übel mit der aufgehenden Sonne zu triumphieren glaubte, die Dinge nur schlimmer gestaltet; denn nicht nur war es ihr eigenes Blut, welches so angeheitert dahingewallt, sondern in demselben auch ein guter Parteigänger für den Feind erstanden.

Justine hatte durch die halbgeöffnete Türe eine Magd herbeizurufen gewußt und von derselben vernommen, daß in der Tat ihr Herr Bruder angekommen und die Nacht hindurch in guter Gesellschaft mit dem Herrn Hauptmann geblieben sei. Darauf war sie wieder ins Bett geschlüpft und endlich vergnügt eingeschlafen.

Jukundus schlief auch ziemlich lang und Rudolf war bis tief in den Vormittag hinein nicht zu erwecken, bis die Mutter mit Gewalt in sein Zimmer drang und ihn zur Rede stellte. Weil er nun den Ehrenhandel für abgetan erachten konnte, so vertraute er die Sache doch noch seiner Mutter an und erzählte ihr, wie der gute Rat und die Tat des Seldwyler Hauptmanns die Schwierigkeit gelöst und sein Leben, man könne wohl sagen, erhalten habe. Denn er könne sich gar nicht vorstellen, wie er mit einer wirklichen Pistolenkugel auf einen gesunden Menschen hätte schießen sollen, während er diesem dann doch hätte stillhalten müssen. Und er pries in seiner immer noch aufgeregten Redseligkeit die Weisheit und Bravheit des Seldwylers so gewaltig an, daß sie von Betroffenheit und Ärger verwirrt in ihr Zimmer eilte und sich vorderhand dort einschloß.

Sie war überdies eifersüchtig auf ihren Stauffacherruhm und auf ihr mütterliches Ansehen und Recht und ganz erbost, wieso ihr Rat dem Sohne übler hätte bekommen sollen als derjenige eines jungen Seldwylers. Sie stürmte daher bald wieder aus ihrem Versteck hervor, um dem unberufenen Ratgeber selbst den Kopf zu waschen und damit zugleich nützliche Händel mit ihm anzufangen, welche die Freundschaft aufheben. Allein sie fand die ganze Gesellschaft in fröhlicher Eintracht in einer Laube beisammen sitzen, jedes mit einem verspäteten Frühstück eigener Erfindung versehen und alle untereinander damit Tauschhandel treibend. Kaum hatte sie das junge Paar wieder so schön und glücklich nebeneinander erblickt, so war auch schon jeder Vorsatz vergessen und sie half sogleich für den Nachmittag einen schönen Ausflug beraten und festsetzen; denn sie war eine fröhliche Frau, wie alle Stauffacherinnen, wenn gerade keine Gewitterwolken über den Männern schweben, die sie zerstreuen sollen.

Wie nun gar während des Tages sie den Jukundus, den sie doch zur Rede stellte, mit höflichen und klugen Worten die Duellsache auseinandersetzen hörte, sah sie wohl ein, daß er recht und ihrem Sohne einen guten Dienst geleistet habe, was sie mit einem dankbaren Gefühl und Zutrauen erfüllte.

Sie machte sich daher gleichen Tags auch an die Mutter des Jukundi und stellte auch diese zur Rede mit allerlei ausholenden Sprüchen und Anschraubungen von wegen der zwei Kinder.

Frau Meyenthal fing das Garn ihrer Rede auch sofort ein und wickelte es behende auf ein Spülchen, welches sie der Gegnerin mit dem Trumpfe zurückgab, daß sie das Übel von Seldwyla gar wohl kenne. Allein es komme alles auf die Umstände an. Auch sie habe von außen her sich da eingeheiratet und sei eine gute Partie geheißen worden, und es sei, abgesehen von dem frühen Hinscheiden des seligen Mannes, nicht übel gegangen, so daß, wie sie glaube, der Sohn, Gott sei Dank, gut geraten und für ein gutes und ehrbares Leben empfänglich sei; was Frau Glor auch glaubte.

Hiemit war die maßgebende Geheimverhandlung durchgeführt und, was mächtige Naturstimmen wünschten, im Lauf. Die beim übrigen Teil der Schwanauer Familie noch harrenden Schwierigkeiten wurden still und anständig überwunden und in wenig Monaten Jukundus und Justine als Verlobte ausgerufen.

Es erschien das allgemein als ein so hübsches und gerechtes Ereignis, daß keine Mißrede zu vernehmen war. Die Verlobten erhielten nicht einen einzigen anonymen Schmäh- oder Warnungsbrief, wie das sonst so zu geschehen pflegt, wenn ein großer Neid erregt wird. Der klarste Morgenhimmel lachte über ihrem Brautstande und die Hochzeit selbst ward zu einem sonnigen und klangvollen Feste mit Fahnen und Gesängen, welches das teilnehmende Volk wie ein altes schönes Lied anmutete.

Zweites Kapitel

Die jungen Eheleute wohnten im elterlichen Hause zu Seldwyla. Es war das ein ziemlich großes Gebäude mit hohen Zimmern und Sälen, im vorigen Jahrhundert von einem Bürger erbaut, der im Auslande reich geworden und sein Gut in der Vaterstadt prächtig hatte ausbreiten wollen. Ehe es aber wohnlich eingerichtet und ausgestattet war, hatte der Mann sein ganzes Vermögen in den eingetretenen Revolutions- und Kriegsjahren wieder verloren, so daß er, statt das Haus zu beziehen, wieder fortgezogen war, um dort, wo er die früheren Glücksgüter gefunden, nachzusehen, ob nicht solche von neuem zu erhaschen wären. Das Haus aber war seither von Hand zu Hand gegangen in der Art, daß immer derjenige Seldwyler, der am meisten Lust und Mittel zu einem herrschaftlichen Dasein verspürte, dasselbe übernahm und eine Zeitlang bewohnte, ohne daß es jedoch im Innern jemals ganz fertig wurde.

Am längsten hatten es jetzt die Meyenthal besessen und im Verlaufe der Zeit hier eine Tapete, dort einen Anstrich aufgewendet; vor der Hochzeit hatte Jukundus noch die Außenseiten des Hauses auffrischen und den Garten in gute Ordnung bringen lassen, und als nun Justine mit einer gewaltigen Aussteuer an fahrender Habe aller Art eingezogen und diese in den stattlichen Räumen auf das schönste verteilt und untergebracht war, schien das geschmiedete oder in diesem Falle das genähete Glück endlich für eine gute Dauer in dem Hause zu wohnen. Auch residierte die Urheberin desselben, die Mutter Meyenthal, zufrieden und stolz in ihrer Abteilung, besonders da sie sah, daß die schöne Justine einen festen und klaren Sinn für den Besitz und dessen Erhaltung zeigte und Jukundus seine gutgeartete Lenksamkeit auch der jungen Gattin gegenüber nicht zu verlieren Miene machte.

Mit der Verheiratung hatte er verabredetermaßen die militärische Laufbahn als Berufssache wieder aufgegeben wegen der fortwährenden Abwesenheit, die sie mit sich brachte. Um sich aber dafür einen ehrbaren Erwerb und eine geordnete Tätigkeit zu sichern, hatte er ein Handelsgeschäft errichtet, welches sich auf den Holzreichtum der Stadtgemeinde und der umgebenden Landschaft gründete. Zu den großen Allmenden, die von der allemanischen

Bodenteilung herrührten, waren später noch die Waldungen von Burg und Stift gekommen, an deren Mauern die Stadt sich angebaut hatte.

Diese hatte bisher die Quellen ihrer Behaglichkeit geschont und auch aus bürgerlichem Stolz erhalten, wie sie ihre reichen Trinkgeschirre und den alten Wein im Stadtkeller sorgfältig erhielt. Allein durch irgendeine Spalte war die Verlockung und die Gewinnsucht endlich hereingeschlüpft und es wandelte ungesehen schon der Tod durch die weiten Waldeshallen, schlich längs den Waldsäumen hin und klopfte mit seinen Knochenfingern an die glatten Stämme. Als daher eben um diese Zeit Jukundus auftrat, um das Bau- und Brennholz anzukaufen und auszufahren, kam sein Geschäft alsobald in Schwung; denn die Seldwyler zogen die Vermittlung des ihnen wohlbekannten ehrlichen Mitbürgers dem Andringen der fremden Händler, durch die das Unheil eingeschlichen, vor.

Jetzt begannen die hundertjährigen Hochwaldbestände zu fallen und auch sofort dem Strich der Hagelwetter den Durchlaß auf die Weinberge und Fluren zu öffnen. Allein sie waren auch einmal jung und niedrig gewesen oder schon mehrmals vielleicht, und sie konnten wieder alt und hoch werden. Doch als die Axt auch an die jüngern Wälder geriet, für das zuströmende Geld immer schönere Zwecke erfunden und die Berghänge dafür immer kahler wurden, fing es den Jukundus innerlich an zu frieren, da er von Jugend auf ein großer Freund und Liebhaber des Waldes gewesen. Während er an dem Handel einen ordentlichen Gewinn machte, begann er sich desselben mehr und mehr zu schämen; er erschien sich als ein Feind und Verwüster aller grünen Zier und Freude, wurde unlustig und oft traurig und vertraute sich seiner Frau an, da sie sein frohes Lächeln, das zu dem ihrigen wie ein Zwillingsgeschwister war, fast seltener werden sah und ihn ängstlich befragte. Sie dachte aber, die Dinge würden mit oder ohne den Mann ihren Lauf gehen und wahrscheinlich nur noch schlimmer, und sie war nur darauf bedacht, ihn bald aus eigenen Kräften wohlhabend und unabhängig zu wissen, um auch von dieser Seite her stolz auf ihn sein zu können. Sie bestärkte daher den Mann nicht in seiner Unlust, sondern ermunterte ihn vielmehr zum Ausharren und er fuhr dann so fort.

Da wurde an einer schief und spitz sich hinziehenden Berglehne, welche der Wolfhartsgeeren hieß, ein schönes Stück Mittelwald geschlagen. Aus demselben hatte von jeher eine gewaltige Laubkuppel geragt, welches eine wohl tausendjährige Eiche war, die Wolfhartsgeereneiche genannt. In ältern Urkunden aber besaß sie als Merk- und Wahrzeichen noch andere Namen, die darauf hinwiesen, daß einst ihr junger Wipfel noch in germanischen Morgenlüften gebadet hatte. Wie nun der Wald um sie her niedergelegt war, weil man den mächtigen Baum für den besondern Verkauf aufsparte, stellte die Eiche ein Monument dar, wie kein Fürst der Erde und kein Volk es mit allen Schätzen hätte errichten oder auch nur versetzen können. Wohl zehn Fuß im Durchmesser betrug der untere Stamm, und die waagrecht liegenden Verästungen, welche in weiter Ferne wie zartes Reisig auf den Äther gezeichnet schienen, waren in der Nähe selbst gleich mächtigen Bäumen. Meilenweit erblickte man das schöne Baumdenkmal und viele kamen herbei, es in der Nähe zu sehen.

Als man nun gewärtigte, welcher Käufer den höchsten Preis dafür bieten würde, erbarmte sich Jukundus des Baumes und suchte ihn zu retten. Er stellte vor, wie gut es dem Gemeinwesen anstehen würde, solche Zeugen der Vergangenheit als Landesschmuck bestehen zu lassen und ihnen auf allgemeine Kosten Luft und Tau und die Spanne Erdreich ferner zu gönnen; wie die verhältnismäßig kleine Summe des Erlöses nicht in Betracht kommen könne gegenüber dem unersetzlichen innern Wert einer solchen Zierde. Allein er fand kein Gehör; gerade die Gesundheit des alten Riesen sollte ihn sein Leben kosten, weil es hieß, jetzt sei die rechte Zeit, den höchsten Ertrag zu erzielen; wenn der Stamm einmal erkrankt sei, sinke der Wert sofort um vieles. Jukundus wandte sich an die Regierung, indem er ihr die Erhaltung einzelner schöner Bäume, wo solche sich finden mögen, als einen allgemeinen Grundsatz belieben wollte. Es wurde erwidert, der Staat besitze wohl für Millionen Waldungen und könne diese nach Gutdünken vermehren, allein er besitze nicht einen Taler und nicht die kleinste Befugnis, einen schlagfähigen Baum auf Gemeindeboden anzukaufen und stehen zu lassen.

Er sah wohl, daß man überall nicht zugänglich war für seinen Gedanken und daß er sich nur als Geschäftsmann bloßstellte und heimlich belächelt wurde. Da kaufte er selbst die Eiche und das

Stück Boden, auf welchem sie stund, säuberte den Boden und stellte eine Bank unter den Baum, unter dem es eine schöne Fernsicht gab, und jedermann lobte ihn nun für seine Tat und ließ sich den Anblick gefallen. Aber von diesem Augenblicke an suchte auch jedermann ihn zu benutzen und zu übervorteilen, wie einen großen Herren, der keiner Schonung bedürfe.

Aus Widerwillen gegen die Baumschlächterei änderte Jukundus nach und nach, aber so rasch als möglich, sein Geschäft, indem er den Holzhandel verließ und dafür sich auf den Verkehr mit jenen Schätzen warf, welche aus dem Schoße der Erde kommen und das Holz ersetzen. Er errichtete Magazine von Stein- und Braunkohlen, führte Ton- und Eisenrohre ein, um die hölzernen Wasserleitungen zu verdrängen, Backsteine zu leichteren Baulichkeiten, die man sonst von Holz zu erstellen pflegte, Zement für allerlei Behälter, und verleitete einen reichen Bauer, sich ein gewaltiges festes und kühles Mostfaß aus Zement errichten zu lassen. Als dies gelang, sah er im Geiste schon statt der hölzernen Fässer in jedem Keller solche Vorratsgefäße, gleich den großen in der Erde ruhenden Weinkrügen der Alten, und das gute Eichenholz gespart. Auch kaufte er Massen von ausgedienten Eisenbahnschienen, welche in hundert Fällen einen Holzbalken vertreten.

Natürlich ging die Holzausfuhr ohne ihn und über ihn hinweg nach den alles aufzehrenden Städten; allein er war nun mit seinem Gewissen im reinen, ohne welchen stillen Gesellschafter er sich als Handelsherr nicht glücklich fühlte. Auch wären die neuen Geschäfte an sich nicht ohne Gewinn geblieben, wenn nicht bei jeder Geschäftsänderung eine gewisse Störung stattgefunden und, seit er den Baum als Pensionär an seine Kost genommen, sich das Gebaren der Geschäftsfreunde verändert hätte, so daß diese nun das wahre Gesicht zeigten.

Jukundus sagte immer die Wahrheit und glaubte dafür auch alles, was man ihm sagte. Er eröffnete stets im Anfang seine ganze Meinung und was er tun und halten konnte und nahm als richtig an, was ihm der andere von seinen Kauf- und Verkaufsbedingungen und von der Beschaffenheit der Ware mitteilte, erst in der Meinung, daß jener schon sich bemühen werde, der Sache näher auf den Grund zu kommen, später, als das nicht geschah, gleich mit dem kecken Vorsatz der Täuschung. Und alle Erfahrung half hier nichts und jede Ermahnung der Frauen, nicht so leichtgläubig zu sein, war fruchtlos. Denn gleich das nächste Mal glaubte er wieder, weil er nicht anders konnte, oder es war ihm zu widerwärtig und verächtlich, lange zu zanken und zu feilschen. Dazu kam, daß er nichts weniger als ein geschickter Finanzmann war, der Geld und Kredit zu wenden wußte, und so fügte es sich, daß eines Tages seine Mittel erschöpft waren und das Ende herangekommen. Es geschah dies plötzlich, weil er nicht lange von einem Nagel an den andern gehängt und keinen Scheinverkehr getrieben hatte.

Er überlegte, ob er sich zuerst der Mutter oder der Gattin oder aber beiden gleichzeitig anvertrauen und ihnen mitteilen solle, daß der Wohlstand dahin sei und von unten auf wieder angefangen werden müsse, was und wo, wisse er noch nicht. Er entschied sich für die Frau. Als er nun mit ihr allein in seiner Handelsstube stand und schweren Herzens von seiner Lage zu erzählen begann, trat sie ganz nahe zu ihm hin, strich ihm mit der Hand über die sorgenvolle Stirn und unterbrach ihn mit der Frage, ob seine Bücher richtig und vollständig geführt seien? Als er die Frage bejahte, lachte sie ihn so schön an, daß ihm das Herz aufging, und sagte, in diesem Falle kenne sie den Sachbestand schon, da sie neugierig gewesen sei und neulich in seiner Abwesenheit seine oder vielmehr ihre gemeinschaftlichen Angelegenheiten studiert habe.

In der Tat hatte sie, da sie inne geworden, daß er Kummer verbarg, eines stillen Sonntags, als er verreisen mußte und, wie gewohnt, die Schlüssel auf ihr Arbeitstischchen legte, diese genommen und sich auf seiner Schreibstube eingeschlossen; dort hatte sie seine Bücher und Papiere untersucht, was sie gar wohl verstand. Es war alles klar und durchsichtig und jede Zahl an ihrem Platze. Sie sah, daß es nicht lange mehr gehen könne, jedoch die Gefahr eines schimpflichen Vorgangs nicht vorhanden sei, wenn zur rechten Zeit der Strich unter die Rechnung gemacht werde. Bei seiner Offenheit gewiß, daß seine Beichte nicht lange auf sich warten lassen werde, hatte sie seither bereits gehandelt und ihre Eltern ins Vertrauen gezogen. Schon bei der Einwilligung zu der Heirat war in dem stolzen Sinne der reichen Leute der Fall vorausgesehen und im geheimen festgesetzt worden, daß die jungen Leute nach Schwanau kommen sollten, wenn es, wie wahrscheinlich wäre, in Seldwyla nicht ginge. So war denn Justine über ihre Entdeckung nicht eben sehr erschrocken, sondern empfand fast eher eine geheime Freude, daß sie den lieben schönen guten Mann in ihr Vaterhaus ziehen und dort mit aller Vorsorge einspinnen und in Seide wickeln könne wie ein zerbrechliches Glasmännchen.

Wie sie ihm diese Pläne nun aber mitteilte und eröffnete, daß man nur eine rasche, stille Abwicklung der Geschäftslage in Seldwyla vorzunehmen und nach Schwanau überzusiedeln brauche, wo Jukundus sich schon werde nützlich machen können, erblaßte er und sagte: »Da würde meine Freiheit und mein Selbstbewußtsein dahin sein! Lieber will ich Holz hacken!«

»Nun, da kann ich auch dabei sein!« erwiderte Justine, »da helfe ich dir sägen, und wenn wir alsdann so im Regenwetter auf der Straße sind und beide an der Säge hin und her ziehen, zanken wir miteinander, daß die Leute stillstehen, wie wir es auf unserer Hochzeitsreise in jener großen Stadt gesehen haben!«

Sie setzte sich und fuhr fort: »Erinnerst du dich noch, welch einen seltsamen Eindruck es auf uns machte? Das regnete, regnete unaufhörlich, das Holz war naß und die Säge war naß und der Mann und die Frau waren durchnäßt und sie rissen die Säge unablässig hin und her und zankten bitterlich mit harten Worten! Weißt du warum? Sie stritten um die Not, um das Elend, um die Sorge, und schämten sich nicht im geringsten vor den Leuten, die zuhörten –«

»Schweig«, rief Jukundus, »wie kannst du mein Wort so ausmalen und ausbeuten, da du wohl weißt, wie es zu nehmen ist!«

»Es kann alles darin liegen, was ich gesagt habe!« antwortete Justine. »Komm«, sagte sie und legte den Arm um seine Schultern, »alles liebt dich und alles hilft dir, du bist ein ganzer Mann, wenn du nur erst einen vernünftigen Boden unter den Füßen hast! Aber hier gedeihen wir nicht!«

Jukundus brach die Unterredung ab, um sich zu sammeln; denn er war verwirrt und gestört, weil er die Sache nicht so trost- und mutlos angesehen hatte wie seine Frau, und er fühlte sich gekränkt. Er ging zu seiner Mutter; die fing aber sogleich an zu weinen, als sie von der Lage Kenntnis erhielt. Alles schien ihr verloren, wenn der Sohn sich nicht an die Frau und deren Haus hielte, und sie beschwor ihn, sein und der Seinigen Glück nicht zugrunde zu richten.

Die gute Mutter hatte sich gegen die Armut nun so lange zu wehren und derselben durch ihre kluge Verheiratung des Sohnes, wie sie glaubte, für immer zu entgehen gewußt, und sie fürchtete die Armut wie ein geschliffenes Schwert.

Justine dagegen haßte und verachtete die Armut wie etwas an sich Böses und Verächtliches, wenn es sich nicht etwa um fremde arme Leute handelte, denen man gemächlich Gutes tun kann. Sie übte sogar eine eifrige und geordnete Mildtätigkeit, ging in die Hütten der Armen und suchte sie auf. Aber wo die Armut in ihre engeren Lebenskreise der Blutsverwandtschaft oder Freundschaft eindringen wollte, empfand sie einen harten Abscheu, wie gegen die Pest, und floh ordentlich davor. Es half daher nichts, daß Jukundus wieder zu ihr ging und ihr vorstellte, sie könne ja das ungewisse Schicksal immer ein wenig mit ihm versuchen und ertragen, da ihr ja schließlich die elterliche Zuflucht und ihr reiches Erbe gesichert sei. Nicht einen Tag wollte sie ihn und sich der Not und der Erniedrigung ausgesetzt sehen, und als ihr Vater kam und ihm freundlich zuredete als zu einer Sache, die ja selbstverständlich sei und sich für alle aufs beste ordnen lasse, mußte er sich ergeben.

Die Arbeitsleute Jukundis wurden ausbezahlt und verabschiedet, der Grundbesitz verkauft, weil die Mutter, welche noch teil daran hatte, nicht allein in Seldwyla bleiben wollte, und alle Verbindlichkeiten gelöst. Jukundus behielt hierauf nicht einen Taler mehr in der Hand für den Augenblick, was ihm eine höchst seltsame Empfindung verursachte. Justine indessen betrieb guten Mutes und voll Munterkeit das Einpacken der fahrenden Habe und die Übersiedlungsanstalten; bald war sie in Schwanau, um dort die Wohnung einzurichten, bald wieder in Seldwyla, um hier die Dinge zu besorgen, war reichlich mit Geldmitteln versehen und vergaß in ihrem frohen Eifer gänzlich, daran zu denken, ob auch Jukundus noch etwas bedürfe oder in der Hand habe.

Da wurde es ihm zumute, wie wenn er ohne einen Zehrpfennig in ein fernes Land unter wildfremde Menschen wandern müßte, deren Sprache er nicht verstehe, und er sah sich besorgt um, wo er noch wenigstens ein Stück eigenes Handgeld erraffen könne für alle Fälle. Es war noch der große Eichbaum vergessen worden, den er gerettet und erhalten hatte. Mit wehmütigem Lächeln verkaufte er den alten Riesen nun doch samt dem Boden, auf dem er stand, und erhielt einige tausend Franken, welche er sorgfältig aufbewahrte.

Der Käufer des Baumes stellte sogleich ein Dutzend Männer an, welche dessen Wurzeln frei machten und untergruben und volle acht Tage damit zu schaffen hatten. Als man endlich so weit war, daß der Baum umgezerrt werden konnte, strömte ganz Seldwyla auf die Berghalde hinaus, um den Fall mit anzusehen, und Tausende von Menschen waren ringsherum gelagert, mit Speise und Trank wohl versehen.

Starke Taue wurden in der Krone befestigt, lange Reihen von Männern daran gestellt, welche auf den Befehlsruf zu ziehen begannen; die Eiche schwankte aber nur ein weniges und es mußte stundenlang wieder gelöst und gesägt werden in den mächtigen Wurzeln. Das Volk aß und trank unterdessen und machte sich einen guten Tag, aber nicht ohne gespannte Erwartung und erregtes Gefühl.

Endlich wurde der Platz wieder weithin geräumt, das Tauwerk wieder angezogen und nach einem minutenlangen starken Wanken, während einer wahren Totenstille, stürzte die Eiche auf ihr Antlitz hin mit gebrochenen Ästen, daß das weiße Holz hervorstarrte. Nach dem ersten allgemeinen Aufschrei wimmelte es augenblicklich um den ungeheuren Stamm herum. Hunderte kletterten an ihm hinauf und in das grüne Gehölz der Krone hinein, die im Staube lag. Andere krochen in der Standgrube herum und durchsuchten das Erdreich. Sie fanden aber nichts als ein kleines Stück gegossenen dicken Glases aus der Römerzeit, das vor Alter wie Perlmutter glänzte, und eine von Rost zerfressene Pfeilspitze.

Auf einer fernen Berghöhe, über welche eben Jukundus mit den Seinigen langsam hinwegfuhr, riefen arbeitende Landleute plötzlich, nach dem Horizont hinweisend: »Seht doch, wie die alte Wolfhartsgeereneiche schwankt! weht denn dort ein Sturmwind? Denn sie konnten die Leute nicht sehen, die daran zogen. Jukundus blickte auch hin und sah, wie sie plötzlich nicht mehr dort und nur der leere Himmel an der Stelle war

Da ging es ihm durchs Herz, wie wenn er allein schuld wäre und das Gewissen des Landes in sich tragen müßte.

Die Seldwyler aber lebten an jenem Abend eher betrübt als lustig, da der Baum und der Jukundi nicht mehr da waren.

Im Beginne seines Aufenthaltes zu Schwanau verbrachte Jukundus seine meiste Zeit bei den Großeltern auf dem Berge, die er einst wegen ihres scheinbar unfreundlichen, herben und rastlosen Wesens beinah gefürchtet hatte. Im Verlaufe der Zeit war er aber auf einen guten Fuß mit ihnen geraten und sogar der Liebling der Alten geworden, wie denn öfter geschieht, daß solche Landleute in ihrer uralten Sicherheit gern etwas Müßiges und ihnen Ungleiches um sich leiden mögen, das ihre Heiterkeit weckt. In dem jungen Manne sahen sie etwas fremdartig Unpraktisches, aber Liebenswürdiges, das vermutlich keinen Stern haben würde und daher Mitleid und Teilnahme verdiene. So dachten die Ehgaumers, wie sie im Volke noch hießen von dem verschollenen Ehgaumeramte her, das der Großvater vor einem halben Jahrhundert einst bekleidet hatte und eine Art Sitten- und Eherichteramt gewesen war. So alt wie dieser Titel war auch der Schnitt der weißen Haube und des großen weißen Halstuches, womit die Ehgaumerin sich schmückte, und alles stammte noch aus jener Zeit, da schon Goethe bei einem Besuch in dieser Gegend schrieb, der Ort gebe von der schönsten und höchsten Kultur einen reizenden und idealen Begriff, die Gebäude stehen weit auseinander, Weinberge, Felder, Gärten, Obstanlagen breiten sich zwischen ihnen aus und so weiter, und: was man von Ökonomen wünschen höre, den höchsten Grad von Kultur mit einer gewissen mäßigen Wohlhabenheit, das sehe man hier vor Augen.

Dieser Zustand war nun auf diesem Hochsitz noch der nämliche bis auf das Wohnhaus, das Nußbaumgeräte in der Stube und das Geschirr in den Schränken, während die neue Zeit mit ihrem veränderten Angesicht und ihren gesteigerten Verhältnissen sich gegen das Ufer hinab lagerte. Jukundus erfreute sich der reinen Luft auf der Höhe und half den Alten und ihren Dienstleuten so eifrig bei ihren Arbeiten, daß er bald aller Dinge kundig und ein Offizier wurde bei den Patriarchen, den sie nicht wieder entlassen wollten.

Justine freute sich des guten Ansehens, das ihr Mann sich bei den Großeltern erwarb, und kam öfter vergnügt auf den Berg gestiegen, um ihn abends herunterzuholen; oder sie freute sich auch, oben ein Gewitter zu erleben während der Heuernte, das die jungen Leute zwang dort die Nacht zuzubringen. Dann zog sie ihr modisches Oberkleid aus, schlug eines der weißen Halstücher der Großmutter um, die Zipfel auf dem Rücken verbunden, und kochte die gebrannte Mehlsuppe, buk den duftenden Eierkuchen oder briet die leckere Fettwurst, die sie eigenmächtig zum Nachtmahl aus der Vorratskammer geraubt. Wenn sie dann mit gerötetem Gesicht gar fröhlich und lieblich dreinschaute und vollends die glänzende Zinnkanne mit klarem leichtem Weine regierte, so bezeugten die Alten, daß sie erst jetzt wie eine rechte alte Landjungfer aussehe, und es gab etwa noch eine kleine Mummerei, indem die Großmutter ihren verjährten Granatschmuck sowie Sonntagshäubchen und seidene Jacken herbeibrachte, die sie vor sechzig Jahren in blühender Jugend getragen. Damit kleidete sich die Enkelin zum allgemeinen Wohlgefallen; aber anstatt in den Spiegel schaute Justine dann mit ihrem glückseligen Lachen dem Jukundus ins Gesicht, das die wie aus weiter Zeitferne herüberleuchtende Erscheinung anstaunte.

Auch an Sonntagen ging er meistens in den Berg hinauf, da es ihm dort wohler zumut war als in dem lauten, aber eintönigen Gesellschaftslärm, welchen die viel sprechenden Leute bei ihren Zusammenkünften unten erhoben.

An Feiertagen lag auf dem Berge immer die Bibel geöffnet auf dem Tisch, damit die Ehgaumerin die langen Stunden hindurch bequem ab und zu darin lesen konnte, wenn es ihr einfiel, wie man einen Krug Wein, eine Schüssel mit Kirschen oder anderen Näschereien an solchen Ruhetagen zur Erquickung bereit stehen läßt.

Hatte sie ihren Rosmarinzweig und ihre Brille dann auf das Buch gelegt, wenn sie des Lesens müde war, so pflegte Jukundus gern sich hinter die Bibel zu setzen und darin zu lesen, weil ihm das Buch sonst selten zur Hand war, wie es so geht, wo man stets Neueres und Notwendigeres lesen soll oder dann jenes Alte in der Zwangszeit der Schuljahre sich genugsam angeeignet zu haben meint. Er betrachtete die schwülen Gewittergründe des Alten Testamentes, die leidenschaftlichen Gestalten darin, oder entdeckte die hamletartige Szene im Johannesevangelium, wo Jesus nachdenklich mit dem Finger etwas auf den Boden schreibt, ehe er sagt, wer ohne Sünde sei, möge den ersten Stein auf die Sünderin werfen, wo er dann wieder schreibt und, als er aufsieht, alle Ankläger hinweggegangen sind und das Weib einsam vor ihm steht im still gewordenen Tempel.

Die Großmutter sah das sehr gern; denn sie war ganz alt- und rechtgläubig und überzeugt, daß das Lesen in der Bibel jedem ohne weiteres gedeihlich sei. Justine hatte ihn, um sein unkirchliches Wesen zu beschönigen, bei den Alten für einen Philosophen ausgegeben; denn sie selbst hing der unbestimmten Zeitreligion an und war darin um so eifriger, je gestaltloser ihre Vorstellungen waren. Einst setzte sich die Alte traulich zu ihm, als er wieder las; die fein gefältelten Spitzenflügel ihrer Haube streiften seine Wange und sie streichelte ihm die Hand, indem sie sagte: »Nun, Herr Philosoph, ich glaube immer, du hast doch ein klein wenig Gottesfurcht!«

Jukundus war von dieser Frage überrascht und dachte darüber nach. Es dünkte ihn, er könnte wohl antworten; allein sollte er der alten Frau das anvertrauen, was ihn seine eigene Frau eigentlich noch nie gefragt hatte, wenn er es recht überlegte? Und wie sollte diese auch nach dem fragen, was sie nicht kannte? Denn sie besaß warmes religiöses Gefühl, aber sie war in Hinsicht auf göttliche Dinge viel zu neugierig und indiskret und hatte auch ein zu großes persönliches Sicherheitsgefühl, um das haben zu können, was man in reinerem Sinne sonst unter Gottesfurcht verstanden hat. Daß es mit dem lieben Gott selbst nun kritisch beschaffen war, hatte sie schon von den gesuchtesten Kanzelrednern vernommen, deren Vorträgen sie nachreiste. Für Christum aber, den schönsten und vollkommensten Menschen, wie ihn diese Priester nannten, hegte sie mehr die Gesinnung schwesterlicher Verehrung oder schwärmerischer Freundschaft; ihm hätte sie das schönste Sofakissen und die herrlichsten Pantoffeln sticken können, seinem Haupt und seinen Füßen zur würdigen Ruhe! ja, die tiefste Rührung hatte sie einst ergriffen, als sie auf Reisen jenes berühmte Bild Correggios gesehen, welches das Antlitz Christi auf dem Schweißtuch der Veronika mit magischer Wirkung darstellt. In den Anblick des träumerisch starren Ausdruckes des höchsten Leidens versunken, hatte sie tief aufgeseufzt und alsbald Mitgefühl suchend ihren Mann angelächelt, der ihr zur Seite stand, und noch jetzt gehörte jener Augenblick zu ihren liebsten Erinnerungen; aber alles dies glich nicht der Gottesfurcht.

Als die Alte indessen auf einer Antwort bestand, sagte Jukundus bedächtig: »Ich glaube, der Sache nach habe ich wohl etwas wie Gottesfurcht, indem ich Schicksal und Leben gegenüber keine Frechheit zu äußern fähig bin. Ich glaube nicht verlangen zu können, daß es überall und selbstverständlich gut gehe, sondern fürchte, daß es hie und da schlimm ablaufen könne, und hoffe, daß es sich dann doch zum Bessern wenden werde. Zugleich ist mir bei allem, was ich auch ungesehen und von andern ungewußt tue und denke, das Ganze der Welt gegenwärtig, das Gefühl, als ob zuletzt alle um alles wüßten und kein Mensch über eine wirkliche Verborgenheit seiner Gedanken und Handlungen verfügen oder seine Torheiten und Fehler nach Belieben totschweigen könnte. Das ist einem Teil von uns angeboren, dem andern nicht, ganz abgesehen von allen Lehren der Religion. Ja, die stärksten Glaubenseiferer und Fanatiker haben gewöhnlich gar keine Gottesfurcht, sonst würden sie nicht so leben und handeln, wie sie wirklich tun.

Wie nun dieses Wissen aller um alles möglich und beschaffen ist, weiß ich nicht; aber ich glaube, es handelt sich um eine ungeheure Republik des Universums, welche nach einem einzigen und ewigen Gesetze lebt und in welcher schließlich alles gemeinsam gewußt wird. Unsere heutigen kurzen Einblicke lassen eine solche Möglichkeit mehr ahnen als je; denn noch nie ist die innere Wahrheit des Wortes so fühlbar gewesen, das in diesem Buche hier steht: In meines Vaters Hause sind viele Wohnungen!«

»Amen!« sagte die Alte, die aufmerksam zugehört hatte; »das ist doch etwas und besser als gar nichts, was du da predigst. Lies nur fleißig in meiner Bibel, da wirst du für deine Republik schon noch einen Bürgermeister bekommen!«

»Wohl möglich«, erwiderte Jukundus lachend, »daß zuweilen ein solcher gewählt wird und somit der Herrgott eine Art Wahlkönig ist!«

Die Alte lachte auch über diese Idee, indem sie rief: »So ein ordentlich angesehener Herr Weltammann! Wie sie da drüben Landammänner haben!« Sie deutete hiebei durch das offene Fenster nach dem Gebirge hinüber, wo in den alten Landrepubliken die obersten Amtleute so genannt wurden.

Sie lachte immer mehr darüber; denn da sie in ihrem hohen Alter allezeit an Gott und die Ewigkeit zu denken liebte, so war ihr auch das unschuldige Spiel mit dem Namen Gottes willkommen, um ihn zur Hand zu haben.

Wie beide nun in ihrem nicht gerade schulgerechten Religionsgespräche sich vergnügten und lachten, schaute Justine durch die Nelkenstöcke herein, die vor dem Fenster standen, und ihr Gesicht glühte trotz den Nelken, da sie den Berg erstiegen hatte, um ihren Mann herunter zu holen. Ihr schönes Gesicht überglühete aber fast noch die roten Nelken, als die Großmutter lustig rief.- »Komm schnell herein, Kind! Eine Neuigkeit! Dein Mann hier hat ein bißchen ganz ordentliche Gottesfurcht, er hat es soeben mir selber gestanden!« Es ergriff sie augenblicklich eine seltsame Eifersucht, daß die Großmutter mehr von den Gedanken Jukundis wissen sollte als sie, seine Frau, und sie sagte: »Wahrscheinlich tut er mir darum kein einziges Mal die Ehre an, mit mir zur Kirche zu gehen!«

»Sei still!« sagte Jukundus, »zanke nicht! Wir zanken ja auch nicht ums klare Wasser, das jedes trinkt, wann und wo es will!«

Dieses Wort nahm Justine wieder auf, als sie am Arme ihres Mannes die abendliche Höhe entlang wandelte, um auf einem entferntem Wege hinunter zu gehen.

»Wir zanken nicht ums Wasser! Aber wir müssen sorgen, daß wir auch nie ums liebe Brot streiten müssen, weder unter uns noch mit andern!« sagte sie und erzählte ihm, wie die Familie und sie selbst wünschen, daß er nun sich in fester Weise in dem großen Gewerbs- und Handelsgeschäfte des Hauses betätigen und Stellung nehmen möchte. Die ländliche Beschäftigung bei den Alten auf dem Berge passe auf die Dauer nicht recht für ihn und führe zu nichts, während unten alle bereit seien, ihn in die Geschäfte einzuführen und Arbeit wie Gewinn redlich mit ihm zu teilen.

Jukundus fühlte die Meinung wohl, die es hiebei hatte; man wollte niemand in der Familie dulden, der nicht reich zu werden fähig und willig war, und da er im Grunde keine bessere Meinung verlangen konnte, so ergab er sich ohne weiteres Zögern darein, obgleich mit geheimem Mißtrauen gegen sich selbst. Er sagte also der Justine, er werde gleich am nächsten Morgen, da es Montag sei, anfangen und einen vollen Wochenlohn zu verdienen suchen.

So wurde er denn früh am andern Tage in die Schreibstuben und Arbeitsräume des Hauses eingeführt, um der Reihe nach die verschiedenen Zweige des Geschäftes kennen zu lernen und derselben Herr zu werden. Das Haus Glor betrieb seit mehr als dreißig Jahren die Seidenweberei, welches Geschäft mit der Zeit zu bedeutendem Umfange gediehen war. In hundert ländlichen Wohnungen an den sonnigen Berglehnen, hinter klaren Fenstern, standen die Webestühle der Mädchen und jüngeren Frauen der Bevölkerung, welche die glänzenden Stoffstücke mit leichter fleißiger Hand webten und so selber allwärts den Grund zu einem kleinern Wohlstande legten. Auf allen Wegen eilten die rüstigen Gestalten mit den Weberbäumen auf der Schulter heran, um das fertige Stück abzugeben und die Seide für ein neues Stück zu holen. In großen Sälen waren aber auch Maschinen aufgestellt, an welchen schwerere und reichere Stoffe verfertigt und männliche Arbeiter beschäftigt wurden. Der Ankauf der rohen Seide, die Vorbereitung derselben durch die verschiedenen Stadien, die Beaufsichtigung und Beurteilung der Arbeit, der Verkauf der gehäuften Vorräte, der Ausblick in den allgemeinen Verkehr und die Berechnung des richtigen Augenblickes für jede Geschäftshandlung, endlich die vorteilhafteste Verwendung der eingehenden Wertsummen, alles dies bedingte eine unaufhörliche, rasch laufende Tätigkeit und eine Reihe ineinandergreifender Erfahrungen.

Der Verkehr mit den zuströmenden Mäklern, welche die aus verschiedenen Weltteilen herkommenden Würmergespinste anboten, derjenige mit den Männern, welche die Ausfuhr der fertigen Gewebe nach anderen Weltteilen vermittelten und hiebei wieder eigenen Reichtum zu gewinnen trachteten, erheischte fortwährende Gewandtheit und rasche Überlegung. Die täglich sich mehrende Konkurrenz forderte ein peinliches Zuratehalten der aufzuwendenden Mittel und zugleich die genaueste Prüfung der gelieferten Arbeit in bezug auf ihre Güte und Reinheit, während die gleichen arbeitenden Hände, die man so streng überwachen mußte, von anderer Seite eifrig gesucht und abwendig gemacht wurden, wenn die Unternehmungslust im Schwange war; ging sie aber zurück, so mußten dieselben auf die besseren Tage hin mit Opfern in Tätigkeit erhalten bleiben.

Wiederum mußte der Wechsel des Geschmackes und der Bedürfnisse unter den verschiedensten Himmelsstrichen aufmerksam verfolgt werden. Hier mußte das gefällige und dauerhafte Seidenkleid der Bürgersfrau altgeordneter Gesellschaftsländer geliefert werden; dort handelte es sich um das billige Prunkkleid, das die Weiber der kalifornischen oder australischen Abenteurer einige Jubeltage hindurch schmückte, um nachher weggeworfen zu werden. Je nach der Bestimmung mußte die Kunst der großen Färbereien in Anspruch genommen und der Krieg mit denselben geführt werden um die schönsten und dauerhaftesten Farben für das Kennerauge der echten Hausfrau oder um den trügerischen Schein für die farbigen Schönheiten im entlegensten Westen.

In dies verwickelte Getriebe war nun Jukundus hineingestellt, um darin schwimmen zu lernen, und er bestand die Probe nicht gut. Im Anfang, bei den einzelnen einfacheren Hantierungen, ging es ordentlich, weil er aufmerksam und sorgfältig arbeitete. Allein man klagte bald über Langsamkeit, da die Beweglichkeit und der leichte Sinn der ersten Jugend vorüber war, und es hieß, er käme nicht recht von der Stelle. Um ihn nun mit Gewalt schwimmen zu lehren, wurde er köpflings in den Strudel gestürzt, und er trieb sich auch mit gezwungener Lustigkeit oder vielmehr mit einer gewissen Angst hastig in demselben herum, daß ihm Hören und Sehen verging. Arbeiter betrogen ihn um die anvertraute Seide, indem sie das Gewebe zu leicht und locker machten und ihn über die Ursache belogen. Andere wußten ihm Geschäftsgeheimnisse abzuschwatzen, um auf eigene Faust eine schädliche Konkurrenz zu eröffnen. Den Mäklern und Zwischenhändlern glaubte er gegen alle gefaßten Vorsätze immer wieder aufs Wort und genehmigte alle ihre Angebote schon, wenn die andern erst begannen, ihnen halbwegs zuzuhören und Antwort zu geben. In diese Ungeschicklichkeit arbeitete er sich recht eigentlich noch hinein, mehr als es in seinem Wesen bedingt war; eine Art unnatürlicher Dummheit legte sich auf seine Seele und umschleierte seine Gedanken, sobald es sich um Geschäfte handelte, und ehe ein halbes Jahr vorüber war, hatte er wie ein verborgener Marder einen merklichen Schaden in Gestalt eines Mindergewinns angerichtet, welchem nachgespürt wurde.

Als Justine bemerkte, daß die fremden Leute und Angestellten des Hauses ihren Mann bereits nicht mehr für ein Kirchenlicht hielten und ihn mitleidig belächelten, weinte sie heimlich vor Aufregung und Bekümmernis und verfiel in eine beklemmende Angst, daß sie werde anfangen müssen ihn für einen unglücklichen beschränkten Menschen zu halten. Die Aussprüche des Vaters und der Brüder, wenn die Angelegenheit geheim beraten wurde, waren auch nicht angetan, ihren Mut und ihr Selbstgefühl zu erhöhen, und selbst die Trostworte der Stauffacherin, daß man in einem solchen Hause wohl vermöge, einen blinden Passagier mitreisen zu lassen, wenn er sonst gesittet sei, vermochten nicht sie aufzurichten.

Ging sie aber zu Jukundis Mutter, um zu fragen und zu klagen, so weinte diese mit ihr und beschwor sie, nur auszuharren, Jukundus sei gewiß kein dummer Kerl, er werde sich schon noch bewähren und so weiter.

Jukundus hatte keine Ahnung, wie es um ihn her tönte, und doch war ihm keineswegs wohl bei der Sache. Da jeder überzeugt war, daß es nicht lange so gehen und ohnehin eine Aufklärung eintreten werde, so wollte niemand zuerst mit ihm reden und niemand ihm zuerst weh tun; allein es verbreitete sich doch ein leichter Nebel um ihn her, welcher die Augen der Umstehenden zu verhüllen und den Ton ihrer Stimmen zu dämpfen schien.

Als er aber eines Tages wieder einen Vorrat roher Seide gekauft hatte zu einem Preise, der noch vor zwölf Stunden gegolten, jetzt aber schon etwas gefallen war, und er gebeten wurde, diesen Teil der Geschäfte lieber lassen zu wollen, und als diese Bitte sich in einigen Tagen auch auf einem andern Gebiete wiederholte, hörte er, etwas betreten, ganz auf. Erst als niemand ihn um die Ursache seiner genommenen Muße fragte und alles seinen Weg fortging, als ob nichts geschehen wäre, erkannte Jukundus endlich seine Lage und seine völlige Vereinsamung.

Am gleichen Tage wurde ihm auch seine Erkenntnis bestätigt.

Justine war auf den Abend ins Pfarrhaus eingeladen, wo der Pfarrherr eine Abhandlung über die zeitgemäße Wiederbelebung und Erneuung der Kirche durch die Künste vorlesen wollte, ein Thema, welches sie sehr ansprach und auch nach Maßgabe der kleinen Verhältnisse schon beschäftigte. Jukundus seinerseits verhielt sich kühl in dieser Sache und liebte so wenig wie möglich in der Sprechweite des Geistlichen zu weilen. Doch hatte er, da es ein dunkler Herbsttag war, versprochen, die Gattin abzuholen.

Der Pfarrer stand auf der äußersten Linie der Streiter für die zu reformierende Kirche, die religiöse Gemeinde der Zukunft. Die Jugendjahre hindurch hatte er im allgemeinen freisinnig und schön gepredigt, so daß die Herden, die er gehütet, sehr erbaut, wenn auch nicht durchaus klar waren, auf welchem Boden sie eigentlich standen. Unter dem Schutze der weltlichen Macht und nach dem Beispiel altbewährter Führer hatte das jüngere Geschlecht die freiere Weltbetrachtung auf der Kanzel sowie die freiere Bewegung im

Leben errungen. Die strenggläubige Richtung war unvermerkt zur bloßen Verteidigung ihres Daseins hinübergedrängt worden, ohne daß von alledem an der äußeren Form des Gottesdienstes viel zu merken war. Die alten Lieder, die alten Gebetformen, die alten Bibeltexte herrschten und nur bei gegebenem Anlasse wurde das Übermenschliche menschlich behandelt; im übrigen blieb Christus der Erlöser und Herr und an der Einheit und Persönlichkeit der Weltordnung sowie an der Unsterblichkeit der Seele durfte nicht gerüttelt werden. Die Theologie galt noch für eine geschlossene Wissenschaft, auch wo ihre Träger längst im stillen allen möglichen zweifelhaften Anschauungen nachhingen und den lieben Gott einen guten Mann sein ließen, auch mit geheimen Seufzern das mögliche Ende ihres Selbstbewußtseins bedachten.

Dabei wurde mit Geringschätzung auf die früheren Aufklärer und Rationalisten herabgesehen, welche mit ihrer trockenen Tapferkeit doch die jetzige Zeit vorbereitet hatten, und die philiströsen Wundererklärer wurden selbstzufrieden belächelt, während man selbst immer das eine oder andere Wunder ausnahm und dasselbe halb natürlich, halb übernatürlich geschehen ließ.

Allein diese glückliche Zeit, wo alles so behaglich und rühmlich verlief für jeden, der gewandt in der Rede war und dem es nicht an Keckheit mangelte, verwandelte sich, wie alles in der Welt.

Gerade durch die wachsende Ausbreitung und Macht der freien Richtung wurde die Lust zur festeren Vereinigung und Gestaltung und der Wunsch nach der Herrschaft genährt, was zugleich ein deutlicheres Aussprechen dessen mit sich brachte, was man eigentlich bekannte und meinte.

Nun war aber gerade wieder die Zeit, wo die Physiker eine Reihe merkwürdiger Erfahrungen und Entdeckungen machten und die Neigung, das Sehen mit dem Begreifen zu verwechseln, überhand nahm und naturgemäß vom Stückweisen auf das Ganze geschlossen wurde, öfter aber nur da nicht, wo es am nötigsten war.

Auch verbreiteten neue Philosophen, welche ihre Stichwörter wie alte Hüte von einem Nagel zum andern hingen, böse verwegene Redensarten, und es geschah ein großer Zwang in nachgesagten Meinungen und Sprüchen.

Wer nun unter den Priestern ruhiger und bescheiden war, dachte, es komme auf ein gewisses Maß des Mehr oder Weniger in der Unklarheit nicht gerade an, und verhielt sich klüglicherweise friedlich auf dem gewonnenen Standort, streitbar nur gegen die alten Feinde und Unterdrücker. Andere dagegen wollten um keinen Preis den Anschein haben, als ob sie hinter irgendeiner Sache zurückblieben, nicht alles wüßten und nicht an der Spitze der Dinge ständen. Diese rüsteten sich mit schweren Waffen und setzten sich auf die äußersten Zweige des Baumes hinaus, von wo sie einst mit großem Klirren herabfallen werden.

Der Pfarrer von Schwanau hatte sich zu dieser Schar gesellt, weil auch ihm es nicht möglich war, im Widerspruche mit dem Geiste und der Bildung der Zeit zu leben, wie er sie verstand.

Er lehrte daher, es sei der Wissenschaft zuzugeben, daß ein persönlicher Lenker der Welt und hierüber eine Theologie nicht mehr bestehen könne. Aber da, wo die Wissenschaft aufhöre, fange das Glauben und Ahnen des Unerklärten und Unbestimmten an, welches allein das Gemüt ausfüllen könne, und diese Ausfüllung sei eben die Religion, die nach wie vor verwaltet werden müsse, und die Verwaltung dieses Gebietes sei jetzt Theologie, Priester- und Kirchentum. Das göttliche Wort sei demnach unsterblich und heilig und seine Verwaltung heilig und weihevoll. Nach wie vor stehe der Tabernakel aufgerichtet, um welchen alle sich scharen sollen, die nicht an trostloser Leere des Herzens zugrunde gehen wollen. Ja, das geheimnisvolle Ausfüllsel des Tabernakels bedürfe mehr als je der weihenden und räuchernden Priester, als Lenker der hilflosen Herde. Keiner dürfe hinter dem Tabernakel herumgehen, sondern jeder müsse sich vertrauensvoll an dessen Verwalter wenden; dafür dürfen die Priester nichts Menschlichem mehr fern bleiben, das sie immer noch am besten verständen, und sie seien erbötig, überall nach wie vor zu helfen und beizustehen, daß die Wurst am rechten Zipfel angeschnitten würde. Nur verlangen sie dafür Heilighaltung des Tabernakels des Unbekannten und allgemeine Aufmerksamkeit bei Verkündung und Beschreibung desselben.

Hiebei beklagte der Pfarrer in ergreifender Weise die Unwahrhaftigkeit auf der Kanzel, welche die Dinge nicht beim rechten Namen nenne und dem Volke keinen reinen Wein einzuschenken wage, als

ob es denselben nicht vertragen könnte, und er beschrieb die Unwahrhaftigkeit und Kunst des Verwischens so trefflich, daß die
zuhörende Gemeinde von neuem hingerissen ausrief: »Wie schön,
wie wahr und tief hat er das wieder gesagt!«

Dann aber forderte er die Versammlungen wiederum auf, alle
Schlacken auszuwerfen und sich zu weihen für den Gedanken der
Unsterblichkeit durch die Heiligung alles Tuns. Zwar sei der Wissenschaft zuzugeben, daß die persönliche Fortdauer der Seele ein
Traum der Vergangenheit sein dürfte. Wolle und müsse inzwischen
einer doch darauf hoffen, so sei ihm das unbenommen; im übrigen
aber sei die Unsterblichkeit jetzt schon und in jedem Augenblicke
da. Sie bestehe in den unaufhörlichen Wirkungen, die aus jedem
Atemzug in den andern folgen und in denen die Gewähr ewiger
Fortdauer liege. Seinen Schilderungen konnte dann die unvermählt
gebliebene Greisin entnehmen, daß wir in unsern Kindern und En-
keln fortleben; der Arme im Geiste getröstete sich der unsterblichen
Fortwirkung seiner Gedanken und Werke; der durch haushälteri-
schen und sparsamen Sinn oft Geplagte freute sich, daß nicht ein
Atom seines Leiblichen wirklich verloren gehe, sondern in dem
Haushalte der Natur in ewig wechselnder Gestaltung zu Ehren
gezogen bleiben und verschwenderisch zur Hervorbringung von
tausend neuen Keimen beitragen werde. Der Mühselige und Bela-
dene endlich durfte auf ein durchgreifendes Ausruhen von aller
Beschwerde hoffen.

Das Gebäude seiner Rede tapezierte er schließlich mit tausend Verslein und Bildern aus den Dichtern aller Zeiten und Völker auf das schönste aus, wie nie zuvor gesehen worden; es war wie in dem Stübchen eines Zolleinnehmers, der die Armut seiner vier Wände mit Bildausschnitten und Fragmenten, mit Briefköpfen und Wechselvignetten aus allen Ecken der Welt überklebt und vor dem Fenster ein Kapuzinerchen stehen hat, das die Kapuze auf- und abtut.

Es galt aber nicht nur den Tempel des gesprochenen Wortes also auszuschmücken, sondern auch der wirkliche gemauerte Tempel mußte der neuen Zeit entsprechend wieder hergestellt werden. Die Kirche zu Schwanau war noch ein paar Jahrhunderte vor der Reformation erbaut worden und jetzt in dem schmucklosen Zustande, wie der Bildersturm und die streng geistige Gesinnung sie gelassen. Seit Jahrhunderten war das altertümliche graue Bauwerk außen mit Efeu und wilden Reben übersponnen, innen aber hell geweißt, und durch die hellen Fenster, die immer klar gehalten wurden, flutete das Licht des Himmels ungehindert über die Gemeinde hin. Kein Bildwerk war mehr zu sehen als etwa die eingemauerten Grabsteine früherer Geschlechter, und das Wort des Predigers allein wartete ohne alle sinnliche Beihilfe in dem hellen, einfachen und doch ehrwürdigen Raume. Die Gemeinde hatte sich seit drei Jahrhunderten für stark genug gehalten, allen äußern Sinnenschmuck zu verschmähen, um das innere geistige Bildwerk der Erlösungsgeschichte um so eifriger anbeten zu können. Jetzt, da auch dieses gefallen vor dem rauhen Wehen der Zeit, mußte der äußere Schmuck wieder herbei, um den Tabernakel des Unbestimmten zieren zu helfen.

Hiefür war vorzüglich Justine gewonnen worden, welche, um den lauen Sinn ihres Mannes soviel als möglich gutzumachen, dem wunderlichen Reformwerke doppelt zugetan war und sowohl mit eigenen reichen Gaben als mit dem eifrigen Sammeln fremder Spenden voranging und kräftig eingriff.

Das sonnige, vom Sommergrün und den hereinnickenden Blumen eingefaßte Weiß der Wände hatte zuerst einem bunten Anstrich gotischer Verzierung von dazu unkundiger Hand weichen müssen. Die Gewölbefelder der Decke wurden blau bemalt und mit goldenen Sternen besäet. Dann wurde für gemalte Fenster gesammelt und bald waren die lichten Bogen mit schwächlichen Evangelisten- und Apostelgestalten ausgefüllt, welche mit ihren großen schwachgefärbten modernen Flächen keine tiefe Glut, sondern nur einen kränklichen Dunstschein hervorzubringen vermochten.

Dann mußte wieder ein gedeckter Altartisch und ein Altarbild her, damit der unmerkliche Kreislauf des Bilderdienstes wieder beginnen könne mit dem »ästhetischen Reizmittel«, um unfehlbar dereinst bei dem wundertätigen, blut- oder tränenschwitzenden Figurenwerk, ja bei dem Götzenbild schlechtweg zu endigen, um künftige Reformen nicht ohne Gegenstand zu lassen.

Endlich wurden die Abendmahlkelche von weißem Ahornholze, die weißen reinlichen Brotteller und die zinnernen Weinkannen verbannt und silberne Kelche, Platten und Schenkkrüge vergabt bei jedem Familienereignis in reichen Häusern, auf Justines Betreibung hin, deren reichstolzes Gemüt sich an dem Glanze erfreute, nicht fühlend, daß sie der neuen Kirche zur Grundlage eines artigen alten Kirchenschatzes verhalf, der sich ja jeden Tag still, aber beharrlich vermehren und auch den Äckern und Weinbergen und dem Zehnten von jeder Hand Arbeit wieder locken konnte, zumal ein leerer Tabernakel noch mehr Platz hat als ein besetzter.

Schon waren alle Künste, selbst die Bildhauerei mit einigen übermalten Gipsfiguren, vertreten, ausgenommen die Musik, welche daher eiligst herbeigeholt wurde. Weil zu einem Orgelwerk die Mittel noch nicht beisammen waren, stiftete einer einen trompetentönigen Quiekkasten; ein gemischter Chor studierte kurzerhand alte katholische Meßstücke ein, die man der erhöhten Feierlichkeit wegen, und weil niemand den Text verstehen konnte, lateinisch sang. Dieser Chor spaltete sich in verschiedene Abteilungen; Kindergruppen wurden zugezogen und eingeübt, und unter dem Namen einer den Gottesdienst neubelebenden Liturgie wurde, nur versuchsweise, ein wackeres kleines Dramolet in Szene gesetzt, aus welchem sich mit der Zeit wieder die pomphafte Darstellung eines Weltmysteriums gestalten konnte.

Alles Geschaffene wäre aber salzlos gewesen ohne die Übung heilsamer Zucht. Um das erneuerte Tempelhaus zu füllen, duldete der Pfarrherr keinen, der nicht hineingehen wollte. Er kehrte also den Spieß vor allem gegen diejenigen, welche sich draußen hielten und sich vermaßen, das, was er verkündige, selbst schon zu wissen.

»Nicht die Jesuiten und Abergläubigen«, rief er von der Kanzel mit lauter Stimme, »sind jetzt die gefährlichsten Feinde der Kirche, sondern jene Gleichgültigen und Kalten, welche in dünkelhafter Überhebung, in trauriger Halbwisserei unserer Kirche und religiösen Gemeinschaft glauben entraten zu können und unsere Lehren verachten, indem sie in schnödem Weltsinne nur der Welt und ihren materiellen Interessen und Genüssen nachjagen. Warum sehen wir diesen und jenen nicht unter uns, wenn wir in unserm Tempel vereinigt uns über das Zeitliche zu erheben und das Göttliche, Unvergängliche zu finden trachten? Weil er glaubt, nachdem wir in hundertjährigem Kampfe die Kirche befreit vom starren Dogmenpanzer, *er* habe jetzt nichts mehr zu glauben, nichts mehr zu fürchten, nichts mehr zu hoffen, was er sich nicht selbst besser sagen könne als jeder Priester! Weil er nicht weiß, daß alles vergangene und gegenwärtige Glauben und Wissen von göttlichen Dingen nur *eine* zusammenhängende große und tiefe Wissenschaft bildet, die fortlebt und verwaltet werden muß von denen, die es gelernt haben und verstehen. Weil er endlich nicht weiß, daß er in der bitteren Stunde seines Todes nach unserm Beistande schmachten und des geheimnisvollen Trostes des Tabernakels bedürftig sein wird!

Aber jetzt ist er noch in Selbstsucht und Dünkel befangen. Weil *er* frei und ungehindert ist durch *unser* Verdienst, so verschmäht er es voll Undank, an unserm Zusammenhalte gegen die Gewalt der Finsternis und der Lüge teilzunehmen, den Kampf des Lebens gemeinschaftlich mit uns zu kämpfen, unsere Freude zu der seinigen zu machen und, indem er sich einen Christen nennt, den Altar mit uns zu zieren! Da geht er denn nun so hin, der Dieser und Jener, der Gleichgültling, der Indifferentist, der Stölzling. Freilich weiß er nicht, wie dürftig und betrübt er uns vorkommt in seiner Sicherheit, die wir ihm freilich nicht mehr nehmen können oder wollen, obgleich er sie nur von uns hat! Freilich weiß er nicht, wie dürr der Pfad ist, auf dem er so dahinwandelt, an welchem keine Sonntagsglocken läuten, auf dem keine Ostern und keine Auferstehung blüht, nicht die Auferstehung des Fleisches meine ich, sondern die Auferstehung des Geistes, die ewige Ostern des Herzens! Es geht ihm auch darnach! Kein Segen begleitet ihn, sein Gemüt verbittert sich und grollt mit uns, die wir uns unserer Errungenschaften und des Werkes unseres Herren Jesu Christi erfreuen und das Osterlamm genießen jetzt und alle Tage. Wenn dann Strom und Bäche vom Eise befreit sind und selig und jubelvoll ›bis zum Sinken überladen, entfernt sich unser letzter Kahn‹, dann wird er traurig am Ufer stehen und uns trotzig nachschauen, ein Selbstausgeschlossener und Selbstverurteilter! Denn *wir* verurteilen niemanden und verdammen keinen. Nein, wir lassen jedem seine Freiheit, eingedenk des allerdings furchtbar doppelsinnigen Wortes: ›Vor dem Sklaven, wenn er die Kette bricht, vor dem freien Menschen erzittert nicht!‹

Du aber laß ihn nicht entrinnen aus den diamantenen Ketten deiner ewigen Sittengesetze, die du gegründet hast, o alliebender Schöpfer und Herr, Urheber der Grundfesten des Landes und der gürtenden Flut des Meeres, o du Spanner des ewigen Himmelszeltes! Führe ihn zurück in dein schützendes Heiligtum, das wir dir errichtet nach deinem Gebote, das du uns verkündet durch den Mund Mose:

> Und wer unter euch verständig ist, der komme und mache, was der Herr geboten hat:
>
> Nemlich die Wohnung mit ihrer Hütte und Decke, Ringgen, Brettern, Riegeln, Säulen und Füßen;
>
> die Lade mit ihren Stangen, den Gnadenstuhl und Vorhang;
>
> den Tisch mit seinen Stangen und allem seinem Geräte, und die Schaubrote;
>
> den Leuchter zu leuchten, und sein Geräte und seine Lampe, und das Öl zum Licht!
>
> den Räuchaltar mit seinen Stangen, die Salbe und Spezerei zum Räuchwerke, das Tuch vor der Wohnung Tür;
>
> das Handfaß mit seinem Fuße,
>
> die Kleider des Amtes zum Dienst im Heiligen, die heiligen Kleider Aarons, des Priesters, mit den Kleidern seiner Söhne, zum Priestertum.

Bringe ihn herein in deine Wohnung, daß er mit uns bete:

> Geist der Liebe, Weltenseele, Vaterohr, das keine

Stimme überhöret der dich lobenden Gemeine!
Eine Reihe Dankgebetes, Lobgesangs ein Faden
  Zieht sich hin vom Duft des Morgens zu des Abends Scheine.
Eine Reihe Lobgesanges, Dankgebets ein Faden,
  Zieht sich hin vom Duft des Abends zu des Morgens Scheine.
Gib, daß diese Seele auch durch der Gebetesflammen
  Schürung dir die innere Lebendigkeit bescheine!

Gib, daß er das Land der Unvergänglichkeit suche mit der Sehnsucht der Goetheschen Priesterjungfrau, die da sagte:

Und an dem Ufer steh ich lange Tage,
Das Land der Griechen mit der Seele suchend!

daß er einst mit der sterbenden Blume des Dichters singe:

Ewges Flammenherz der Welt,
Laß verglimmen mich an dir!
Himmel, spann dein blaues Zelt,
Mein vergrüntes sinket hier.
Heil, o Frühling, deinem Schein!
Morgenluft, Heil deinem Wehn!
Ohne Kummer schlaf ich ein,
Ohne Hoffnung aufzustehn

und ihm die Antwort werde:

O bescheidenes Gemüt,
Tröste dich, beschieden ist
Samen allem, was da blüht.
Laß den Sturm des Todes doch
Deinen Lebensstaub verstreun,
Aus dem Staube wirst du noch
Hundertmal dich selbst erneun.

Amen!«

Hatte er dermaßen wohlklingend und nicht selten mit wirklich
feuchten Augen, von seinem Galimathias selbst aufgeregt, geendet,

so geschah es häufig, daß auf dem Kirchwege die Zuhörer herbeieilten und ihm dankend die Hände drückten, und an den wohlbesetzten Mittagstafeln wurde er aus schönem Munde gefühlsbedürftig gepriesen, von klugen Männern gelobt, daß man jetzt auch wieder einmal kirchlich und christlich sein könne, ohne sich dem Verdachte der Beschränktheit und des Zurückbleibens auszusetzen.

Zu den also bescholtenen Gleichgültigen und Indifferenten gehörte auch Jukundus. Er war der neuen Kirche nicht feindlich gesinnt und wünschte ihr nichts in den Weg zu legen, wohl wissend, daß alle Dinge in der Welt ihren Verlauf haben müssen. Allein mit seiner naiven Wahrheitsliebe war es ihm unmöglich, den Schein einer solchen wenigstens für gedankengeübte Männer unwahren Kirchlichkeit mitzutragen, und machte von dem Rechte seiner persönlichen Freiheit ohne Geräusch und Prahlen Gebrauch. Er tat dies umso hartnäckiger als dieses Gebiet fast das einzige war, auf welchem er seine volle Unabhängigkeit von der Sorge wie von der Liebe noch bewahrte.

Der Pfarrer aber, welcher die Frau Justine zu seinen Hauptstützen zählte, da sie mit ihrem Ansehen fast für einen Kirchenältesten gelten konnte, mochte nicht gerne leiden, daß deren Mann die Sache durch sein Fernstehen nicht zu billigen und so über derselben stehen zu wollen schien. Er empfand alles solches Fernstehen als einen stillen Vorwurf gegen sich selbst und eine schweigende Kritik seines Tuns, und er hatte daher einen Groll gegen Jukundus gefaßt und predigte gegen ihn. Denn auch diese Untugend hatten einige der neuen Priester von den alten herübergenommen, daß sie auf der Kanzel, wo sie allein das Wort führten und niemand erwidern durfte, aussprachen, was sie irgend persönlich bedrückte, und nach Gutdünken anklagten und vorzeigten. Jener wußte aber hievon nichts, weil er nicht viel acht gab auf der Leute Reden und dem Sinne undeutlicher Anspielungen nicht nachfragte.

Als Jukundus am spätern Abend also auf den Pfarrhof kam, um seine Frau versprochenermaßen abzuholen, hatte der Pfarrer seinen Vortrag über die gegenseitige Verjüngung der Kirche und der schönen Künste vor einigen Freunden eben beendigt. Jukundus mußte noch ein wenig Platz nehmen.

»Wenn Sie mir gegönnt hätten, meine kleine Arbeit mit Ihrem Mitanhören zu beehren«, sagte der Pfarrherr, »so würden Sie vielleicht einen Ausgleichspunkt gefunden haben in dem Gedanken, daß jetzt die Zeit da ist, wo die Kunst ihr Dasein der Religion danken und der guten reichen und doch jetzt so armen Mutter vergelten kann! Sie würden vielleicht selbst einige Befriedigung in der Aussicht finden, wenigstens in einem bedeutenden Tonwerk etwa einst in Gemeinschaft mit uns Ihr Herz aussingen zu können, möchten Sie auch dabei denken, was Sie wollten, und uns überlassen das gleiche zu tun!«

Justine schaute bei diesen Worten ihren Mann hoffnungsvoll an. Es war ihre schönste Erinnerung, in dem ersten Jahre Ihrer Ehe mit ihm in einer größeren Stadt an einem musikalischen Feste mitgewirkt zu haben. Bei der Aufführung eines mächtigen biblischen Oratoriums hatten sie sich, jedes bei seiner Stimme, so nahe gestanden, daß sie in den Pausen einander die Hand geben konnten. Am Abend hatte Jukundus seine Frau zärtlich in die Arme geschlossen und ihr gestanden, daß er trotz allem Erlebten noch nie so glücklich gewesen sei wie heute, da er in dem wohltönigen Sturme der Musik und des Gesanges mitgesungen und dabei neben sich noch ihre liebe Stimme mit gehört habe.

Allein jetzt erwiderte er dem Geistlichen, schon in trüber Stimmung gekommen und durch dessen Gewaltsamkeit nicht aufgeheitert, etwas trocken: »Ich bin nicht Ihrer Ansicht, daß die Religion die Kunst hervorgebracht habe. Ich glaube vielmehr, daß die Kunst für sich allein da ist von jeher und daß sie es ist, welche die Religion auf ihrem Wege mitgenommen und eine Strecke weit geführt hat!«

Der Pfarrer wurde ganz rot; er ertrug im Kreise seiner engsten Gemeinde solchen Widerspruch nicht leicht und sagte: »Nun, wir wollen die Sache nicht weiter verfolgen; Sie sind wohl in mehr als einer Beziehung ein Laie, sonst würde Ihnen bekannt sein, daß wir Theologen heutzutage manche Kreise des Wissens in unsere theologische Wissenschaft hereingezogen haben, die ihr sonst nicht verpflichtet waren und deren Übersicht Ihnen in Ihrer Lebensstellung fehlt!«

Jukundus versetzte etwas hart: »Dieses Bedürfnis mögt ihr Theologen füllen; ich glaube aber nicht, daß euere Theologie dadurch den Charakter einer lebendigen Wissenschaft wiedergewinnt, so wenig als die ehemalige Kabbalistik, die Alchimie oder die Astrologie noch eine solche genannt werden könnten!«

Hiedurch in seinem Innersten getroffen und beleidigt, rief der Geistliche: »Ihr Haß gegen uns macht Sie blind und töricht! Aber es ist genug, wir stehen über Ihnen und Ihresgleichen, und Ihr werdet in euerem verblendeten Dünkel die Köpfe an unserm festen Bau einrennen!«

»Immer gleich das Gefährlichste!« sagte Jukundus, der inzwischen ganz ruhig geworden war; »wir rennen gegen keine Wand! Auch handelt es sich nicht um Haß und nicht um Zorn! Es handelt sich einfach darum, daß wir nicht immer von neuem anfangen dürfen, Lehrämter über das zu errichten, was keiner den andern lehren kann, wenn er ehrlich und wahr sein will, und diese Ämter denen zu übertragen, welche die Hände danach ausstrecken. Ich als einzelner halte es vorläufig so und wünsche Euch indessen alles Wohlergehen; nur bitte ich, mich vollkommen in Ruhe zu lassen; denn hierin verstehe ich keinen Scherz!«

Er hatte diese letzten Worte mit fester Stimme gesprochen, und diese Stimme zerriß seiner Frau, die seinen Arm zum Weggehen ergriffen hatte, das Herz. Sie hatte in der neuen Kirchenkultur, die ihr so freisinnig, so gebildet, so billig schien, zuletzt fast den einzigen Halt gegen den geheimen Kummer gefunden, der sie drückte; nun war ihr Mann in offene Auflehnung dagegen ausgebrochen. Denn sie hielt ihn dem Pfarrer gegenüber für unwissend und unzulänglich, für einen Unglücklichen! Das Unheil eines Glaubenszwiespaltes in Verbindung mit einem beginnenden häuslichen Unglück war plötzlich da, mitten in der so erleuchteten und wohlredenden Kirchenwelt.

Kaum auf die Straße gekommen, ließ Justine den Arm ihres Mannes fahren und ging wie taumelnd neben ihm her, leise weinend. Da es herbstlich stürmte und regnete, so glaubte Jukundus, sie wolle bequemer allein gehen, und achtete nicht auf ihren Zustand. Bis sie zu Hause angekommen, hatte sie sich äußerlich gefaßt; inwendig aber zitterte sie vor Aufregung und Entrüstung.

Jukundus, den Vorfall schnell vergessend und von andern Sorgen erfüllt, wollte mit ihr jetzt die gemeinsame Lage besprechen und ihr darstellen, wie er glaube, daß sein rechter Platz nicht in diesem Hause sei, daß er doch versuchen müsse, auf eigenen Füßen zu stehen, wozu wohl noch schöne Zeit sei; daß sie ihm in die Hauptstadt folgen sollte, wo er gute Verbindungen und Freunde habe. Wenn sie einige Mittel von den Eltern mitnehmen könnte für den Anfang, nur so viel als sie etwa für den Kirchenkultus und die andern Lieblingssachen schon ausgegeben habe, so wäre ihm für die Zukunft nicht bange.

Er berührte diesen letztern Punkt nur kleinlaut, weil er für sich nichts zu bedürfen glaubte und nur die Scheu Justines vor aller Mittellosigkeit ins Auge faßte.

Kaum war er aber hier angelangt, so schwieg sie nicht länger; die rauhe Ursprünglichkeit der emporgekommenen Volksfamilie, welche die Männer zuweilen überfiel, brach mit aller Herbigkeit auch bei ihr unversehens zutage. Leidenschaftlich und rücksichtslos und ebenso unbesonnen rief sie, er möge gehen, wohin er wolle, sie werde ihm nicht folgen, wenn er in ihrem Hause nicht zu gedeihen vermöge, wo es ihm an nichts und an keinem Entgegenkommen gemangelt habe. Weder den Ihrigen noch ihr selbst fiele es ein, noch das geringste Opfer an ein solch verlorenes Leben zu wagen und das Geld einem solchen ... nachzuwerfen.

Sie brauchte dabei einen Ausdruck, den sie kaum je im Munde geführt und welchen, ohne daß es gerade ein eigentliches Schimpfwort war, doch kein rechter Mann von Seite seiner Frau erträgt.

Kaum war das Wort ihrem Munde entflohen, so erblaßte Justine und sie schaute ihren Mann mit großen Augen an, der schon vorher erbleicht war und jetzt schweigend hinausging.

Justine eilte ihre Mutter zu suchen; die war aber noch im Hause eines der Brüder, und jene ging daher dorthin, um Rat und Zuflucht zu finden.

Jukundus aber weckte seine eigene Mutter, welche ermüdet schon zu Bette gegangen war, hieß sie sich ankleiden, packte dann das Notwendigste zusammen, holte in der Nacht selbst einen Mietwagen herbei und fuhr unbemerkt in der stürmischen Regennacht mit seiner Mutter davon, versehen mit dem wenigen Gelde, das er noch von dem Verkaufe jenes alten Eichbaums übrig behalten und aufbewahrt hatte.

Von diesem Augenblicke an war aus dem Gesichte der beiden Ehegatten jenes anmutige und glückliche Lachen verschwunden, so vollständig, als ob es niemals darin gewohnt hätte.

In dem dunklen Wagen, neben der alternden Mutter, die in Ergebung und Schlaftrunkenheit wieder eingeschlummert war, sah Jukundus das schöne Gesicht Justinens vor sich, wie es ihn zum ersten Mal angelacht hatte. Dieses Lächeln, sagte er sich bitter, sind die Künste eines Muskels, der gerade so und nicht anders gebildet ist; durchschneidet ihn mit einem kleinen leichten Schnitt, und alles ist vorbei für immer!

In der Morgendämmerung stand Justine, die nicht zu Bette gegangen war, vor einem Spiegel und sah ihre starten bleichen Lippen; sie versuchte schmerzlich zu lächeln über den schönen schlimmen Traum des entschwundenen Glückes. Allein ihr Mund und beide Wangen waren starr und unbeweglich wie Marmor, und der Mund blieb von nun an verschlossen, vom Morgen bis zum Abend und einen Tag wie den andern.

Drittes Kapitel

Jukundus hatte sich nach der Landeshauptstadt begeben, wo es seine erste Sorge war, die vor Schreck und Kummer erkrankte Mutter zu pflegen und zu begraben; denn sie erholte sich nicht mehr, weil sie keine Hoffnung mehr barg, daß es dem Sohne noch wohlgehen und das, was sie nicht gesponnen und gewebt, vorhalten könne.

Auf dem Rückweg von ihrem Grabe begegnete er einem militärischen Vorgesetzten, der ihn wohl kannte, aber lang nicht gesehen hatte. Der fragte ihn nach seinen jetzigen Umständen, und als er dieselben, soweit sie mitteilbar waren, kennen gelernt, sagte er zu Jukundus, er wäre gerade der Mann, den er suche, um in seinem ausgebreiteten Handels- und Unternehmungswesen eine bestimmte Lücke auszufüllen. Er suche einen zuverlässigen ruhigen Mann, von dem er wisse, daß er seine Obliegenheiten kurzweg und pünktlich erfülle, nicht nach rechts oder links schaue, ohne die Wachsamkeit zu verlieren, und hauptsächlich keine eigenen Spekulationen betreibe.

Jukundus verband sich mit dem Manne und übernahm sofort die ihm zugedachte Stelle, und es ging vom ersten Augenblicke an gut. Die ihm angewiesene Tätigkeit war der Art, daß er weder selbst zu täuschen und zu lügen noch die Lügen anderer zu glauben brauchte. Er hatte nicht nötig zu überfordern oder zu unterbieten, zu feilschen oder zu überlisten und Überlistungen abzuwehren. Was darüber hinaus an Menschenkenntnis und deren Anwendung erfordert wurde, ward ihm geläufig wie ehedem, da ihm mit der verschwundenen Befangenheit es wie Schuppen von den Augen fiel.

So flossen seine Tage ernst und still dahin und nicht die kleinste Freude erhellte seine Augen. Mit Justine lebte er ohne jede Verbindung; er erwartete vergeblich ein Zeichen von ihr, daß sie die geschehene Beleidigung bereue und zurückzunehmen wünsche, während sie hieran von den Ihrigen verhindert wurde, welche fanden, es sei besser die Dinge einstweilen liegen zu lassen, wie sie lägen, und das weitere Glück des Jukundus abzuwarten, ob dasselbe auch Bestand habe. Sie hatten nicht unrecht, es ein Glück zu nennen; denn das Finden seiner selbst in dunklen Tagen ist meistens mehr

Glückssache als die Menschen gewöhnlich eingestehen wollen, und hier hatte es vielleicht einzig von der zufälligen Begegnung mit dem erfahrenen und einsichtigen fremden Manne abgehangen.

Jukundis kalte und bittere Ruhe dauerte aber nicht lange. Während er in seiner Geschäftsstellung sich täglich brauchbarer erwies und bald über die anfänglich angewiesene Stufe hinausgehoben wurde, fast ohne jemandes Zutun, so daß der früher so schwer erreichbar erschienene reichere Erwerb und die gegründete Aussicht auf Besitz sich wie von selbst einstellte, trat im öffentlichen Leben eine Bewegung ein, in welche er mehr seiner verbitterten Gemütsstimmung als eigentlicher Neigung gemäß leidenschaftlich hineingezogen wurde.

In der Republik waren seit der letzten jener politischen Umgestaltungen, durch welche das Volk sich verlorene Rechte erneuert oder vorhandene erweitert, vierzig Jahre verflossen und es war im jüngern Geschlechte der Wille einer neuen Zeit reif geworden, ohne daß die noch herrschenden Träger der früheren Gestaltung denselben kannten oder anerkennen wollten. Sie hielten die Welt und den Staat, wie sie gerade jetzt bestanden, für fertig und gut und wiesen ihre Mitwirkung zu jeder erheblichen Änderung mit einem beharrlichen Nein von sich, indem sie sich auf eine ununterbrochene Tätigkeit in der mählichen Ausbildung des Bestehenden, einst so Gepriesenen zurückzogen. Durch diesen Widerstand erwarben sie sich das Aussehen von Stehenbleibenden, ja Feinden des Fortschrittes und erweckten eine je länger je heftiger gereizte Stimmung gegen sich. Da sie aber die Geschäfte sachlich und redlich besorgten und alle Mühe auf allerlei Dinge verwendeten, welche an sich keineswegs wie Rückschritt aussahen, so war der Anfang zu einer großen Aktion schwer zu finden. Denn wenn das Volk hiebei nicht den Anstoß zu gewaltsamen Ereignissen gewinnt, woraus an einem Tage von selbst das Gewünschte sich gestaltet, so bedarf es einer ungeheuren moralischen Aufregung, um auf dem Wege der gesetzlichen Ordnung zu seinem Ziele zu gelangen und eine selbstgegebene Verfassung, selbstgewählte Vertreter zu beseitigen und an deren Stelle das Neue zu setzen.

Diese Aufregung, welche bei der gewaltsamen Umwälzung durch einige Tropfen rauchenden Blutes hervorgebracht wird, erreicht das Volk auf dem andern Wege, um schlüssig zu werden, nur dadurch, daß es das erste Unrecht begeht mittelst einer falschen Anschuldigung und sodann getreu dem Satze, daß der Unrechttuende den leidenden Teil mit wachsendem Hasse verfolgt, nicht mehr ruht, bis der Stein des Anstoßes hinweggeräumt und der neue Rechtsboden, den es will, errungen ist.

Aber auch zu einer vollen runden Hauptanschuldigung, welche für solch eine allgemein um sich greifende Gemütsbewegung ausgereicht hätte, fand sich keine rechte Handhabe vor. Jedes einzelne der unerfüllten Begehren war nicht eine Frage der Unehrlichkeit oder des Volksbetruges, sondern nur eine Frage der Zweckmäßigkeit, welche bestritten war.

Da aber ein Volk oder eine Republik, wenn sie durchaus Händel suchen mit ihren Führern und Verwaltern, nicht auf die Dauer wegen des Anfanges verlegen sind und immer neue Mittel erfinden, so stellte man sich zuletzt einfach vor die Personen hin und sagte: Euere Gesichter gefallen uns nicht mehr.

Dies geschah mittelst einer dämonisch seltsamen Bewegung, welche mehr Schrecken und Verfolgungsqualen in sich barg als manche blutige Revolution, obgleich nicht ein Haar gekrümmt wurde und kein einziger Backenstreich fiel.

Es entstand zuerst ein Ausspotten einiger nicht bedeutenden Personen, an irgendeinem Punkte, dann ein Verhöhnen einiger anderer, die schon mehr Bedeutung hatten, wegen halb lächerlichen, halb unzukömmlichen, immerhin entstellten Eigenschaften. Eine spott- und verfolgungslustige Laune verbreitete sich mehr und mehr, es bildeten sich Anführer und Virtuosen im Hohn und der Entstellung aus, und bald verwandelte sich der lustige Spott in grimmige Verleumdung, welche umherraste, die Häuser ihrer Opfer bezeichnete und das persönliche Leben auf das Straßenpflaster hinausschleifte.

Nachdem diese Opfer in einen Teig von Lächerlichkeit, bestehend aus erfundenen körperlichen Gebrechen und Gewohnheiten, meist nur etwa linkischen Gebärden, eingeknetet waren und so herumgestoßen wurden, legte man ihnen plötzlich längst begangene geheime Verbrechen, einen abscheulichen Lebenswandel, eine Niedrigkeit der Denk- und Handlungsweise zur Last, welche durch das

Ansehen, das sie bisher genossen, nur um so greller und unerträglicher hervorgehoben wurden. Zwar wurden die Anschuldigungen bestimmter Übeltaten, welche sofort einem Kriminalverfahren nach allen Seiten hin rufen mußten, beim ersten Aufschrei der Betroffenen lächelnd fallen gelassen; allein der Abscheu blieb an den Personen haften und aller übrige gestaltlose Unfug wurde festgehalten durch die Ratlosigkeit der Verfolgten, und bei dem allgemeinen Schrecken und Widerwillen entstand eine förmliche Straflosigkeit, zumal jede Prozeßverhandlung zu einem Feste für die Verfolger zu werden begann und mit den schwersten Drohungen begrüßt wurde.

So eilten denn aus allen Ritzen und Schlupfwinkeln die Teilnehmer an dem allgemeinen Reichstage der Verleumdung und der Beschimpfung herbei. Personen, deren eigene physiognomische Beschaffenheit, Lebensarten und Taten sie selbst zum Gegenstande der Schilderung, des Unwillens und des Spottes zu machen geeignet waren, stellten sich gerade in die vorderste Reihe und erhuben als rechte Herzoge der Schmähsucht und der Verleumdung ihre Stimme, und je lauter der grimmige Lärm war, desto stiller und kleinlauter wurden die Geschmähten. Ein für die Betroffenen furchtbarer Gemeinplatz wurde von den gedankenlosen Gaffern ausgesprochen: wenn nur der hundertste Teil der Anschuldigungen wahr wäre, so würde das mehr als genug sein! hieß es, und sie bedachten hiebei nicht, daß ja jeder von ihnen einen solchen hundertsten Teil auf den Schultern trüge, wenn gerecht gemessen würde.

Neben den Angesehenen und Bekannten im Lande wurde wohl auch etwa in irgendeinem Winkel ein armer Unbekannter vernichtet, daß es anzuhören war wie das Schreien eines Hühnchens, das ein Marder nächtlicher Weile einsam erwürgt. Oder es fielen ein paar der Herzoge unter den reißenden Tieren einander selbst an auf irgendeinem besondern Wechselplatz, kehrten aber mit zerrissenen und blutigen Schnauzen zum allgemeinen Reichstage zurück, ohne daß es ihnen dort etwas geschadet hätte. Sie beleckten sich die zerzausten Bälge und nahmen frech wieder das Wort.

Die ganze Erscheinung war so neuer und eigentümlicher Art, daß der Geschichtsfreund sie mit keiner vorangegangenen zu vergleichen wußte, wo doch auch mehr als einmal aus einem ungerechten

Anlaß oder unwahren Vorwand die Staatsveränderung und die Erweiterung der Freiheit hervorgegangen war.

Männer, die in ihrer entstellten Gestalt mitten in der Not und Verfolgung standen, in der doch kein Tropfen Blut floß und kein Arm berührt wurde, sahen sich von alten Freunden verlassen, die unentschlossen ihren Unschuldsbeteuerungen zuhörten und für sich selber darum nicht um so besser fuhren.

Andere, die ein entscheidendes Wort des Mutes hätten sprechen können, schwiegen still, um nicht vor der Braut oder der Gattin eine infame Beschmutzung erleiden zu müssen, und wiederum andere schwiegen aus Sorge für den Frieden und die Unschuld ihrer unmündigen Kinder. Mancher dankte nur Gott, daß er bis jetzt verschont geblieben, wenn er bedachte, daß diese oder jene menschliche Schwäche, die ihn vielleicht schon angewandelt, dem Unheil einen Angriffspunkt bieten könnte, und er hielt sich mäuschenstille. Dicht dabei stand ein offenkundiger Bösewicht ebenso stille, der doch zu notorisch war, um sich zu den Verfolgern gesellen zu können, und nun mit stechenden Augen gewärtigte, was an ihn kommen wolle. Auch der blieb verschont, nicht nur weil er als gefährlicher Bösewicht von den Verleumdern gefürchtet war, sondern weil die merkwürdige Bewegung bei aller scheinbaren Maßlosigkeit ein gewisses Gesetz der Ökonomie innehielt und keine Opfer verlangte, die ihr nicht gerade im Wege standen.

Übrigens war nicht zu verkennen, daß das Bewußtsein, es sei eigentlich nur ein großer, etwas grober Spaß, nicht fehlte. Denn während die Menge kein Bedenken trug, das Land als von der Schlechtigkeit unterfressen, angefüllt und beherrscht vor aller Welt darzustellen, blieb die wirkliche unterirdische Schicht der Niedertracht, die in keinem Lande fehlt, unangefochten in ihrer Ruhe, wo sie nicht freiwillig ans Licht emporstieg, um auch an den Reichstag zu kommen und die verhaßte Ehrbarkeit ausplündern zu helfen. Der aktive Lügnerhaufen glich der volkstümlichen Dorfklätscherin, welche in ihrem Humor es für selbstverständlich hält, daß jeder zusehe, was er glauben wolle, und daß jeder Angeschwärzte ihr den Spaß nicht allzu übel nehme.

Von diesem Humore war nun Jukundus nicht. In der Verfassung, in der er sich befand, war er doppelt aufgelegt alles zu glauben, wenn er auch nicht sonst schon durch seine einfache Natur darauf angelegt gewesen wäre. Während er im Geschäftsleben schon vorsichtiger geworden war, wurde er von dieser Bewegung überrascht wie ein Kind und glaubte jede Schändlichkeit, die man vorbrachte, wie ein Evangelium, über die Maßen erstaunt, wie es also habe zugehen können und was in einer Republik möglich sei.

Seine besondern Mitbürger, die Seldwyler, hatten von Anfang an diese Ereignisse wie ein goldenes Zeitalter begrüßt. Nichts Lustigeres konnte es für sie geben als das Auslachen und Heruntermachen so vieler betrübter langer Gesichter, die so lange besser hatten sein wollen als andere Leute. Sie taten sich nicht gerade hervor in der Erfindung von Abscheulichkeiten, waren aber um so tätiger im Aufbringen von Lächerlichkeiten. Immer kamen einige oder ganze Gesellschaften von ihnen nach der Hauptstadt, um zu sehen, was es Neues gäbe, und an der täglich höher gehenden Bewegung teilzunehmen. Weil Jukundus die beste Gestalt unter ihnen war, so machten sie ihn zu ihrem Häuptling, und er ging im tiefsten Ernste vor der lachenden und stets zechenden Zunft der Seldwyler her, traurig und bekümmert, aber auch entrüstet und straflustig.

Denn er hatte die Welt noch nie in diesem Lichte gesehen; es war ihm zumut, als ob der Frühling aus derselben entflohen und eine graue, heiße, trostlose Sandwüste zurückgeblieben wäre, an deren fernem verschleiertem Saume der Schatten seiner Frau einsam entschwinde. Wenn er in den Klubs und Versammlungen neben handfesten und bekannten Agitatoren allerlei aus dunklen Löchern hervorgekrochene Gesellen sah, die langjährigen Unstern in der allgemeinen Sündflut mit schmutzigen Händen zu ersäufen suchten oder die obere Schicht wie mit Feuerhaken zu sich herunterzureißen bestrebt waren, so sah er wohl, daß es keine Oberkirchenräte waren, die ihm die Hand drückten. Aber er empfand jetzt eher ein tiefes Mitleid mit solchen Heiligen, die er als die Opfer einer Welt betrachtete, von der er auch ein Lied singen zu können glaubte. Wie die heilige Elisabeth eine Vorliebe für unreinliche Kranke und Elende bezeigte und sich sogar in das Bett eines Aussätzigen legte, so hegte auch Jukundus eine wahre Zärtlichkeit für seine Räudigen und ging täglich mit Leuten, die er früher, wie man zu sagen pflegt, nicht mit einem Stecklein hätte anrühren mögen.

Er tat dies, während die Volksbewegung schon über den Anfangsstrudel hinaus war und das Volk, auf seine Ziele zusteuernd, jene Schattengestalten laufen ließ und seine neuen Rechte feststellte, wie man glänzende Farben und Wohlgerüche aus dunklen Stoffen und Schmutz hervorbringt und diesen wegwirft. Er merkte kaum, daß er mit dem verlornen Haufen schon seitwärts der Heerstraße stand; und als er es einzusehen begann, überfiel ihn neues Mitleiden mit den armen Propheten, die wiederum betrogen sein sollten. Es half nichts, daß einige klügere Seldwyler ihm zurauten, die Verleumder und Ehrenfeinde seien bereits nicht mehr Mode, man halte sich jetzt an das rein Politische und Staatsmäßige, und er solle sich nicht bloßstellen; man brauche eben auch wieder einen Staat mit Einrichtungen und Ehrbarkeiten, wo man mit Lügnern und Schubiaken nicht kutschieren könne. Er glaubte den Armen und Verstoßenen und nicht jenen Warnern.

Um seinen Mut offenkundig zu bewähren und zu zeigen, daß er sie beschütze, lud er eines Tages eine schöne Auswahl seiner Freunde zu einem Festmahle ein, das er ihnen in einem Gasthause gab, und bewirtete sie so reichlich, daß sie in die allerbeste Laune versetzt wurden.

Verkommene Winkeladvokaten, ungetreue und bestrafte kleine Amtsleute, betrügerische Agenten, müßiggängerische Kaufleute und Bankerottierer, verkannte Witzlinge und Sandführer verschiedener Art saßen um ihn geschart und jubelten und sangen, als ob das tausendjährige Reich da wäre. Aber je lustiger sie wurden, desto ernster sah Jukundus aus, und nicht das leiseste Lächeln überflog sein trauriges Gesicht; er gedachte der Tage, wo er auch froh gewesen und harmlos sich des Lebens gefreut, und alles war dahin!

Als nun der Wein den fröhlichen Gesellen immer mehr die Zungen löste und die Besonnenheit ersterben ließ, fingen sie an, ihre Schicksale und Taten zu besprechen und das Unrecht zu erzählen, das sie erduldet. Es erhob sich jedoch da oder dort ein Widerspruch des einen gegen den andern oder die Auflehnung eines dritten, die Einsprache eines vierten, die nähere Erläuterung eines fünften, woraus ein wirrer Lärm gegenseitiger Vorwürfe und Anschuldigungen wurde und für den unbefangenen Zuhörer sich ergab, daß es sich um ein ziemlich ausgebreitetes und verknotetes Gewebe von geringen, wenig rühmlichen Verrichtungen handelte, wegen welcher alle sich gegenseitig die ausgezeichnetsten Spitzbuben schalten, und zwar in einer so künstlichen Durch- und Überkreuzung, daß, wenn man, etwa nach Art der Chladnischen Klangfiguren, ein sichtbares Bild davon hätte machen können, dieses die schönste Brüsseler Spitzenarbeit dargestellt hätte oder das zierlichste Genueser Silberfiligran, so wunderbar und mannigfaltig sind Gottes Werke.

Jukundus bemühte sich, zuerst aus Liebe, dann von Verwunderung bewegt, das Gewebe zu verstehen und zu entwirren, und sein Gesicht wurde immer ernsthafter, je deutlicher und gewisser ihm seine abermalige Leichtgläubigkeit wurde. Als das bedenkliche Kreuzgespräch immer lauter und drohender wurde und an verschiedenen Punkten in Tätlichkeiten überging, so daß mehrere Paare sich schon an den Kehlen gepackt hielten oder sich an den Bärten zerrten, immer hinter dem Tische sitzend, schritt der kundige Wirt mit einem sichern Mittel ein, den ausbrechenden Sturm zu beschwören. Er besetzte hurtig den Tisch mit einem bereit gehaltenen zweiten Essen, welches aus groben, aber reichlichen Salatspeisen bestand, gemacht von Ochsenfüßen, von Bohnen, Kartoffeln, Zwiebeln, Heringen und Käse. Kaum erblickten die Streitenden diese Erquickungen, so beruhigten sie sich und letzten sich in tiefstem Schweigen, welches nicht eher gebrochen wurde als bis alles aufgezehrt war.

Dann aber erfolgte eine feierliche allgemeine Versöhnung, wie nach einem geistlichen Liebesmahl, und alle beklagten die Torheit, sich dergestalt einander selbst angefallen zu haben, während Eintracht so not tue. Viel besser und zweckmäßiger wäre, hieß es, wieder einmal über einen Volksfeind und Unterdrücker Gericht zu halten und eine lustige Jagd nach einem solchen einzuleiten. Noch mancher laufe ungebeugt und trotzig herum oder halte sich geduckt in der Meinung, daß das Wetter an ihm vorübergehe. Allein Zeit sei es, ihn jetzt hervorzuziehen, und Zeit sei es, den Schrecken zu erneuern.

Ein solches Vorgehen wurde im Grundsatz beschlossen und sodann zur Benennung der einzelnen Opfer geschritten, welche um

Glück und Ehre gebracht werden sollten. Es waren bald zwei oder drei Namen solcher Personen gekürt, welche diesem oder jenem aus der Gesellschaft irgend einmal in den Weg getreten und deshalb von ihm gehaßt waren. Wie man aber die Art und Weise des Angriffes und die anzugreifenden Schwächen und Vergehen der Betreffenden festsetzen wollte, wußte die Versammlung sich nicht zu helfen, entweder weil die Erfindungsgabe nicht mehr lebendig genug war oder weil die natürliche Klugheit der Ratschlagenden in der späten Nachtstunde etwas Not gelitten hatte. Nachdem manches Vergebliche und Gehaltlose vorgeschlagen und verworfen worden, rief endlich einer: »Da muß das Ölweib wieder helfen, es geht nicht anders!«

Jukundus, der immer aufmerksamer wurde, fragte, wer oder was das Ölweib sei? Das sei eine alte Frau, wurde ihm erklärt, die man so nenne nach der biblischen Witwe mit dem unerschöpflichen Ölkrüglein, weil ihr der gute Ratschlag und die üble Nachrede so wenig ausgehe wie jener das Öl. Wenn man glaube, es sei gar nichts mehr über einen Menschen vorzubringen und nachzureden, so wisse diese Frau, die in einer entlegenen Hütte wohne, immer noch ein Tröpflein fetten Öles hervorzupressen, denselben zu beschmutzen, und sie verstehe es, in wenig Tagen das Land mit einem Gerüchte anzufüllen.

Jukundus anerbot sich, die Mission zu übernehmen und zu dem alten Ölweib zu gehen, was ihm fröhlich gewährt wurde. Er ließ sich die Namen der Opfer, welche fallen sollten, deutlich vorsagen. Es betraf, soviel ihm bewußt war, rechtliche Leute, die noch nicht viel von sich reden gemacht, und er schrieb sie genau und sorgfältig in sein Taschenbuch.

Hierauf bestellte er eine neue Ladung guten Wein, um die Gesellschaft zu weiterer Redseligkeit anzufeuern, und lehnte sich seufzend zurück, um zuzuhören.

Allein die Herren waren jetzt der ernsteren Arbeit müde und wieder mehr zum Singen gereizt, und sie sangen mit hoher Stimme die ersten Verse aller ihnen bekannten Lieder.

Der Saal, in welchem sie sich befanden, war groß, aber sehr niedrig und mehr dunkel als hell, und seltsam verziert. Denn der Wirt hatte aus einem größern Hause eine abgelegte Tapete gekauft und seinen Saal damit austapeziert.

Dieselbe stellte eine großmächtige und zusammenhängende Schweizerlandschaft vor, welche um sämtliche vier Wände herumlief und die Gebirgswelt darstellte mit Schneespitzen, Alpen, Wasserfällen und Seen. Da aber der Saal, für welchen dieses prächtige Tapetenwerk früher bestimmt gewesen, um die Hälfte höher war als der Raum, in welchen es jetzt verpflanzt worden, so hatte zugleich die Decke damit bekleidet werden können, also daß die gewaltigen Bergriesen, nämlich die Jungfrau, der Mönch, der Eiger und das Wetterhorn, das Schreck- und das Finsteraarhorn, sich in ihrer halben Höhe umbogen und ihre schneeigen Häupter an der Mitte der niedrigen Zimmerdecke zusammenstießen, wo sie jedoch von Dunst und Lampenruß etwas verdüstert waren. An der Wand hingegen thronten die grünen Alpen, mit roten und weißen Kühen besäet, weiter unten leuchteten die blauen Seen, Schiffe fuhren darauf mit bunten Wimpeln, auf Gasthofterrassen sah man Herren und Damen spazieren in blauen Fräcken und gelben Röcken und mit altmodischen hohen Hüten. Auch standen Soldaten gereiht mit weißen Hosen und schönen Tschakkos; bei einer ganzen schnurgraden Reihe war das linke rote Wänglein ein wenig neben die gehörige Stelle abgesetzt oder gedruckt durch den Tapetendrucker, was der kommandierende Oberst mit seinem großen Bogenhut und ausgestrecktem Arm eben zu mißbilligen schien; denn die halbwegs neben den leeren Backen stehenden roten Scheibchen waren anzusehen wie der aus der Mondscheibe tretende Erdschatten bei einer Mondfinsternis.

Auf dem ganzen gemalten Lande herum ging jedoch in der Höhe eines sitzenden Mannes eine dunkle Beschmutzung von den fettigen Köpfen der Stammgäste, die sich im Verlaufe der Zeit schon daran gerieben hatten.

Plötzlich entdeckte ein bleicher Genosse, der vorzugsweise als der Idealist bezeichnet wurde, das gemalte nächtliche Tapetenvaterland und benutzte es sofort zu einem feurigen Trinkspruche auf das herrliche, teure, das schöne Vaterland, das den Verein wackerer Eidgenossen hier so recht als engere Heimat umschließe. Und da auch diese Armen im Geiste und an Glück das Vaterland liebten, so fand er einen lauten Widerhall und es wurden alle bekannten Vaterlandslieder angestimmt. Nur einige ungerührte Gesellen machten sich nichts daraus und schleuderten, da sie eben Heringe aßen, die Heringsseelen geschickt an die ewigen Eisfirnen empor, die über ihren Häuptern hingen, daß jene dort kleben blieben.

Hierüber murrten die andern und der ideale Redner verwies den Übeltätern ihre gemeine Gesinnung und rief, sie hätten ihre eigenen Heringsseelen dem Vaterlande ins Angesicht geschleudert und die reinen Alpenfirnen beschmutzt. Doch jene lachten nur und riefen: »Selbst Heringsseelen!« so daß es abermals Streit und Lärmen gab.

Jukundus legte die Arme auf den Tisch und den Kopf darauf und seufzte tief.

Jetzt ertönte mitten in dem Tumult die dünne Fistelstimme eines gewesenen Gemeindesäckelmeisters, der vergeblich jenes Lied zu singen suchte, welches Jukundus auf dem Wege zum Gesangfeste durch den Wald gesungen hatte; endlich besann sich der Sänger auf die Schlußworte und kreischte in schrillem Tone:

> In Vaterlandes Saus und Brause,
> Da ist die Freude sündenrein,
> Und kehr ich besser nicht nach Hause,
> So werd ich auch nicht schlechter sein!

Da erinnerte sich Jukundus des schönen und glücklichen Tages, an dem er Justinen zum ersten Male gesehen hatte, und verbarg sein Gesicht noch tiefer, indem er mit Mühe bittere Tränen zurückhielt.

Inzwischen gedachte auch Justine mit größerer Sehnsucht der Tage, wo sie dem Jukundus zuerst begegnet war, und sie hätte ihn gern aufgesucht und ihr Unrecht gut gemacht, wenn nicht immer die Verhältnisse dazwischen getreten wären. Vorerst war sein Anschluß an die Volksbewegung und sein besonderer Umgang mit dem verlornen Häuflein das Hindernis, weil ihre ganze Familie und Freundschaft auf der anderen Seite stand und man dort nur die düstersten Anschauungen von der Sache hegte.

Sie hatte sich daher, um ihre Gedanken zu beschäftigen und ihr Gemüt zu befriedigen, mit erneutem Eifer dem Pfarrer und der kirchenpflegerischen Tätigkeit hingegeben und ihr Wirken auch auf weltliche Dinge ausgedehnt. Sie wurde Vorsteherin nach allen möglichen Richtungen hin und brauchte jetzt viele und gute Schuhe, die sie sich stärker als früher anfertigen ließ, da sie stets auf der Straße zu sehen war von Schule zu Schule, von Haus zu Haus, von Sitzung zu Sitzung. Bei allen Zeremonien und Verhandlungen, öffentlichen Vorträgen und Festlichkeiten saß sie auf den vordersten Bänken, aber ohne daß sie Ruhe gefunden hätte oder das leiseste Lächeln auf ihr blasses Gesicht zurückgekehrt wäre. Die Unruhe trieb sie selbst wieder in einen musikalischen Verein, den sie seit lange verlassen, und sie sang ernsten Gesichtes und mit wohltönender Stimme, ohne jedoch die mindeste Fröhlichkeit zu erreichen. Der Arzt wurde sogar bedenklich und sagte aus, der melodisch vibrierende Klang ihrer Stimme lasse auf beginnende Brustkrankheit schließen und man müsse zusehen, daß sie sich schone.

Alle fühlten wohl, was ihr fehle, wußten ihr aber nicht zu helfen und wurden unversehens selber hilfsbedürftig. Denn es brach eine jener grimmigen Krisen von jenseits des Ozeanes über die ganze Handelswelt herein und erschütterte auch das Glorsche Haus, welches so fest zu stehen schien, mit so plötzlicher Wut, daß es beinahe vernichtet wurde und nur mit großer Not stehen blieb. Schlag auf Schlag fielen die Unglücksberichte innerhalb weniger Wochen und machten den stolzen Menschen die Nächte schlaflos, den Morgen zum Schrecken und die langen Tage zur unausgesetzten Prüfung. Große Warenmassen lagen jenseits der Meere entwertet, alle Forderungen waren so gut wie verloren und das angesammelte Vermögen schwand von Stunde zu Stunde mit den hochprozentigen Papieren, in welchen es angelegt war, so daß zuletzt nur noch der Grundbesitz und einiges in alten Landestiteln bestehendes Stammvermögen vorhanden war. Aber auch dieses sollte dahingeopfert werden, um die eigenen Verbindlichkeiten zu erfüllen, welche im Augenblicke des Sturmes bei dem großen Verkehre gerade bestanden.

Die Männer rechneten und sprachen miteinander bleich und still Tage und Nächte lang, und die Hausordnung schien erstarrt zu sein. Die Dienstboten arbeiteten ohne Befehl und bereiteten das Essen, aber niemand aß oder wußte, was er aß. Die Uhren liefen ab und wurden kummervoll aufgezogen, nachdem sie tagelang still gestanden. Die Zeit mußte dann zusammengesucht werden, wie man in der Finsternis ein Lichtlein am andern anzündet, um sehen zu können. Einige junge Kätzchen, welche bis zum Tage des Unglücks der Zeitvertreib und das Spiel von alt und jung gewesen waren, wurden plötzlich gar nicht mehr gesehen und zogen sich mit ihren kleinen Sprüngen schüchtern in einen Winkel zurück, und als nach geraumer Zeit einige Seelenruhe wieder in das Haus gekommen war, wunderten sich alle, daß die Katzen unter ihren Augen auf einmal groß geworden seien.

Als es hieß, daß, wenn die Ehre des Hauses gerettet und alle Schulden bezahlt sein werden, nicht eines Talers Wert mehr im Besitze der Familie bleibe und sie, gänzlich verarmt, von neuem anfangen müßten, stand die Frau Gertrud, die Stauffacherin, und schlotterte an ihrem ganzen Leibe; sie mußte niedersetzen.

Justine dagegen, Schreck und Furcht vor der Armut im Herzen, faßte sogleich Gedanken der Selbsthilfe. Sie wollte mit ihren Kenntnissen augenblicklich in die Welt hinaus und nicht nur sich selbst, sondern auch Vater und Mutter erhalten, und sie entwarf abenteuerliche Pläne mit fiebriger Hast.

Allein nun trat die Mutter wiederum auf und erklärte, daß sie einen guten Teil des Vermögens als Weibergut beanspruche, um das Haus zu retten und ein ferneres Bestehen möglich zu machen. Die Männer sollen mit den Gläubigern ein Abkommen treffen, wie das fast an allen Orten jetzt geschehe.

Die Männer schüttelten finster die Köpfe und sagten, das könnten und wollten sie nicht tun; lieber wollen sie arm werden und auswandern und in anderm Lande Tag und Nacht arbeiten, um wieder zu etwas zu kommen.

Doch die Stauffacherin hatte jetzt ihre Kraft und Beredsamkeit wieder gewonnen; sie bestand auf ihrer Meinung und zeigte an mehreren Beispielen, wie durch ein solch besonnenes Verfahren der Sturm überstanden, die Zukunft gerettet und später auch jede billige Verpflichtung noch gelöst und zu Ehren gezogen worden sei.

Alles dieses war gewissermaßen noch das Geheimnis des Hauses. Die vielen Arbeiter kamen nach wie vor mit ihren Geweben und Gespinsten und erhielten ihren Lohn und neue Arbeit, weil jede Entschließung angstvoll hinausgeschoben wurde. Mit jedem Tage längerer Zögerung wankten die Männer mehr in ihrem Vorsatze strenger Pflichterfüllung, bei welcher sie als wahrhaft Freie vor niemandem die Augen niederzuschlagen brauchten. Schon war die

Stauffacherin im Begriffe obzusiegen und in der festen Überzeugung, daß sie nur im besten Rechte handle, denn sie besaß ein Weibergut; da stiegen aber die Alten vom Berge herunter, der Ehgaumer und seine Frau, um gegen die Machenschaft aufzutreten und sie zu verhindern. Der Alte konnte nicht sprechen, weil er von dem den Kindern widerfahrenen Unheil, selber stark am Besitze hängend, angegriffen war. Er setzte sich hustend auf einen Stuhl und hieß die Alte reden.

Diese legte ein Bündel vergilbter Pfandbriefe auf den Tisch und sagte, da brächten sie, die Alten, was sie erhauset, um den guten Namen retten zu helfen; aber es müßten alle Schulden bezahlt werden und keine Machenschaft mit dem Frauenvermögen dürfe stattfinden. Sie sprach mit so beredten und starken Worten, daß sie in ihrer weißen Zipfelhaube die wahre Stauffacherin zu sein schien und die letztere sich weinend ans Fenster stellte.

Solcher Kleinmut wurde ihr von der Alten verwiesen, die aber gleichzeitig bemerkte, daß in dem wohleingerichteten Zimmer, wo die ganze Familie sich eben befand, das Klavier und die Spiegeltische mit Staub bedeckt waren; und unverweilt begann sie denselben mit ihrem Schnupftuche abzuwischen.

Die Familie entschloß sich zu der strengen, gegen sich selbst harten Handlungsweise und blieb in Frieden und Ansehen. Der freie Grundbesitz wurde verpfändet und der Geschäftsverkehr nicht unterbrochen; allein zur Zeit waren alle Glieder des Hauses arm wie die Kirchenmäuse und keines hatte einen Franken für etwas Unnötiges oder für eine Liebhaberei auszugeben.

So fiel auch die Vorsteherschaft und der Glanz Justines in Kirche und Gesellschaft dahin und sie hielt sich still und beschämt im verborgenen. Sie ertrug aber diese gänzliche Mittellosigkeit nicht und verschaffte sich im geheimen, nach Art verarmter Frauen aus der oberen Schicht, allerlei feine weibliche Handarbeit, um einiges Taschengeld zu verdienen. Sie wußte dabei nicht, daß sie der ganz hilflosen Witwe, der verlassenen Waise, die sich auf gleiche Weise kümmerlich nährte, das Brot vor dem Munde wegnahm, um ihrem Triebe nach Besitz genugzutun. Je merklicher sich die bescheidenen Geldsümmchen vermehrten, welche sie so erwarb, desto eifriger und fleißiger war sie bei der Arbeit, die sie mit ihrer Energie und

Geschicklichkeit in beträchtlicher Menge an sich zog und bewältigte, also daß die Leute, welche die Ware bestellten und verkauften, ihr von derselben kaum genug zuwenden konnten und sie anderen entziehen mußten.

Die unausgesetzte Beschäftigung war ihr um so lieber als sie während der Arbeit ihren schweren Gedanken entweder nachhängen oder dieselben zerstreuen, die schwachen Hoffnungen auf ein wiederkehrendes Glück erwägen konnte. Die Mutter war mit im Geheimnis; sie hatte in ihrem Stolze zuerst dagegen angekämpft; doch als sie in Justines Erwerb für sich selbst auch die Mittel fand, manche Nebenausgabe zu bestreiten, für die sie die Kasse der ängstlich und unverdrossen arbeitenden Männer nicht mehr anzusprechen wagte, fügte sie sich leicht dem Sinne der Tochter.

Allein Vater und Brüder wurden endlich aufmerksam; sie wunderten sich, wo die vielen Stickereien und Strickarbeiten eigentlich blieben, die unaufhörlich zustande kamen, und gerieten schließlich hinter das Geheimnis. Nun wollten sie aber, während sie sich alle Entbehrungen auferlegten und ihre Wagen, Luxuspferde und dergleichen alles verkauft hatten, doch nicht für Leute gelten, die nicht mehr vermochten, ein paar Weiber zu erhalten, und fanden es ungehörig, daß diese selber um Handarbeit ausgingen, indessen arme Arbeiterinnen solche im Hause suchten und fanden.

Die Sache wurde daher mit Entschiedenheit unterdrückt, Justine angewiesen, für ihre Bedürfnisse, wie früher, das Nötige zu verlangen und sich keinen Zwang anzutun; denn sie wisse ja, daß sie um diesen Preis nicht feil sei. Justine jedoch konnte in ihrem gefangenen Sinn nicht über die Frage hinwegkommen. Sie verfiel immer mehr in die kranke Sucht nach Selbständigkeit, welche die Frauen dieser Zeit durchfieberte wegen der etwelchen Unsicherheit, in welcher die Männer die Welt halten. Sie grübelte und brütete und entwarf zuletzt den Plan, anderwärts als Lehrerin ein Unterkommen zu suchen. Wenn sie dabei an die Hauptstadt mit ihren zahlreichen Schulanstalten dachte, so wirkte die stille Hoffnung mit, dort eher ihrem Manne wieder begegnen zu können als im Elternhause, wo jetzt härter über ihn geurteilt wurde als früher, obwohl bekannt war, daß es ihm nun gut gehe.

Kaum war dieser Entschluß gefaßt, so zögerte sie nicht, ihn auszuführen, und begab sich zu dem Pfarrer, um dessen Rat und Vermittlung zu finden. Erst auf dem Wege nach dem Pfarrhof fiel ihr
ein und auf, daß der geistliche Herr, der sonst ein Freund des Hauses gewesen, seit dem Unfall, der es betroffen, nie mehr in demselben erschienen war, daß er auch niemandem gemangelt und niemand daran gedacht hatte, sich ihm mitzuteilen und seinen Trost zu
hören. Eine fröstelnde Empfindung durchschauerte sie, als sie ferner plötzlich bedachte, daß sie selber seit mehreren Monaten nicht
mehr in der von ihr geschmückten Kirche gewesen sei. Sie stand
still und suchte sich den seltsamen Zustand zurecht zu legen, aber
es gelang ihr nicht in der Schnelligkeit. Um so rascher eilte sie wieder vorwärts, wie um Licht zu gewinnen.

Im Pfarrgarten traf sie die Gattin des Geistlichen, eine unbeachte-
te Frau, welche gelassen Petersilie pflückte, und vernahm von ihr,
daß er soeben vom Besuche eines Sterbenden zurückgekehrt sei und
etwas unwohl scheine. Doch möge Justine nur hinaufgehen, ihr
Besuch werde ihn gewiß freuen. Unverweilt eilte sie nach seinem
Studierzimmer und trat, wie sie gewohnt war, nach kräftigem Klop-
fen rasch ein.

Er saß erschöpft und bleich in seinem Lehnstuhl und stützte den
Kopf auf die Hand. Als er sich wandte und aufstand, schien er ihr
auch abgemagert und leidend zu sein.

»Sie sehen«, sagte der Pfarrherr, nachdem er Justinen begrüßt, »daß ich auch nicht in guten Schuhen stecke, und das mag Ihnen erklären, warum ich mich so lange nicht habe blicken lassen. Ich bin in der Tat, mehr als Sie denken, im gleichen Spitale krank wie Sie und die Ihrigen!«

Als Justine sich verwundert eine deutlichere Auskunft erbat, fuhr er fort: »Ich habe reich werden wollen und habe daher im Umgange mit den Ihrigen, in Ihrem Hause, gelauscht und mir gemerkt, auf welcherlei Weise die Vermögenssummen dort verwendet werden; ich habe mir die Handelspapiere aufgeschrieben, von welchen der größte Gewinn erwartet wurde, und ich habe die Operationen, die ich machen sah, im geheimen nachgeäfft mit dem mäßigen Vermögen meiner Frau, und als ich ahnte, daß das Haus Glor erschüttert war, wußte ich zugleich, daß ich selbst alles verloren und das Erbe meiner Gattin und ihrer Kinder vergeudet und verspielt hatte. Sie weiß es noch nicht und ich darf es niemandem sagen, wenn ich nicht meinen Stand verunehren will. Aber Ihnen gegenüber, da Sie mir so unversehens erscheinen, drängt es mich zur Offenheit!«

Justine war erschrocken; dieser neue Verlust machte ihr aufrichtigen Ärger und Verdruß, und sie sagte daher etwas unwillig: »Aber was in aller Welt hat Sie denn gezwungen in Handelsgeschäften zu wagen, da Sie ein Pfarramt und Einkommen besitzen?«

»Ich habe Ihnen gesagt«, erwiderte der Pfarrer mit Traurigkeit, »daß ich meinen Stand nicht bloßstellen dürfe durch das Eingestehen meiner lasterhaften Torheit, und ich gehöre diesem Stande innerlich nicht einmal mehr an, ich habe ihn verlassen und darum reich werden wollen, um unabhängig leben zu können! Nach jenem Unglücksabend, an welchem ich hier mit Ihrem Manne gestritten hatte, war mir ein Stachel im Herzen geblieben, den ich vergeblich hinausreden und wegtrotzen wollte. Ich sah, wie Jukundus bei allem Un- und Mißgeschick religiös so unbeirrt und unbescholten dahin wandelte, und ich konnte nicht umhin alles zu überdenken und zu prüfen, was ich leider mit Beziehung auf die sittliche Seite der Sache, in Ansehung des eigenen Herzens, seit Jahren nicht mehr getan hatte. Ich fand, daß ich nicht religiös oder christlich mehr lebe und kein Priester mehr sei!

Ich mußte mir gestehen, daß ich jahraus jahrein, sobald ich allein war, nicht den leisesten Trieb fühlte, des gekreuzigten Mannes zu gedenken, dessen Namen mein Lebensberuf trug und der mich ernährte, daß mein Herz und alle meine Sinne nur an der Welt und ihren Annehmlichkeiten, wenn Sie wollen, auch an ihren Mühen und Pflichten hing, aber ohne daß der leiseste Schauer eigener persönlicher Andacht, die geringste Furcht vor dem, den wir handwerksmäßig als unsern Herren und Erlöser verkündeten, an mich herantrat, sei es Tag oder Nacht gewesen. ja, wenn ich zuweilen noch, ohne vom Berufe dazu veranlaßt zu sein, der von mir für so geheiligt ausgegebenen Person Christi in der Einsamkeit gedachte, so geschah es mehr mit dem hochmütigen Sinn eines Schutzherren, der sich etwa eines armen Teufels annimmt und ihm im Vertrauen sagt: ›Lieber, du machst mir viele Mühe!‹

Ich empfand endlich, daß ich ein beifallsdurstiger Wohlredner und Schwätzer geworden sei, ohne es zu merken; daß ich, wenn ich nicht den goldenen Schlüssel eines wirklichen jenseitigen Gotteswortes besaß, vom Geheimnis meines Nebenmenschen nicht mehr verstand und nicht mehr Gewalt über sein Gemüt hatte als ein Kind, ja daß ich wegen der Halbwahrheit und des Doppelsinns meiner Worte auch einem Kinde gegenüber in schlimmer Lage war.

Ich fing an mich des gedankenlosen Beifalls zu schämen, der mir entgegengetragen wurde; dazu war es mir des Handwerks wegen unmöglich, meine Gedanken für mein stilles Inneres, für den eigenen Frieden zu ordnen, weil sich das mit der lauten Gewaltsamkeit und den Anforderungen des Standes nicht vertrug, und darum wollte ich ihn verlassen und meinen fadenscheinigen Reformatorenrock an den Nagel hängen.

Das ist mir nun unmöglich geworden, wenigstens für jetzt, weil ich mich, indem ich auf dem Wege des Reichtums fliehen wollte, sogar der Mittel beraubt habe, eine nährende Existenz mit einiger Sicherheit zu gründen.«

Justine saß wie versteinert; sie war gekommen, Rat und Beistand zu holen, und sah wieder eine Stütze, einen Lebensinhalt dahinsinken; denn wie ein Blitz leuchtete es in sie hinein, wie es mit diesen Dingen stand und warum sie selbst im Unglück ihre bunte Kirche nicht gesucht hatte. Eine bittere Qual stieg in ihrer arbeitenden

Brust auf; aber sie konnte derselben nicht nachgeben, weil ein noch stärkeres Mitgefühl jetzt gefordert wurde, als der Geistliche in Tränen ausbrach und sagte: »Heute ist mir nun das Äußerste widerfahren, ich bin von einem Sterbebette hinweggewiesen worden! Eine zähe Greisin ringt seit vielen Stunden mit dem Tode, welche eigensinnig alle ihre Kinder wiederzusehen hofft, besonders ihren im Elend gestorbenen ältesten Sohn. Ich komme hin, voll Sorgen und zerstreut, und halte, indem ich mich anschicken meine selbstverfaßten, wie Sie wissen, etwas pantheistisch klingenden Sterbegebete zu verrichten, auf ihre an mich gerichteten Fragen nach der Gewißheit des ewigen Lebens haltlose, unsichere Reden, so daß die Sterbende mir den Rücken kehrt und die Umstehenden, vom Arzte unterstützt, mich zur Seite führen und leise ersuchen, meine seelsorgerische Funktion hier einzustellen.«

Diesen Vorgang erzählte der Pfarrer mit abgebrochenen Worten und bedeckte am Schlusse das Gesicht mit seinem Taschentuche. Er war so erschüttert, weil keiner auch von einer ungeliebten Berufsart sich gerne nachsagen läßt, daß er sie nicht nach den Regeln der Kunst auszuüben verstehe.

Auf die entsetzte Justine machte die Szene einen Eindruck, als ob sie einen Berg einstürzen sähe. Was ihr einen felsenfesten Bestand zu haben schien, sah sie wanken und vergehen mit dem Selbstvertrauen dieses Priesters und beim Anblick seiner Tempelflucht. Sie empfand wohl die drückende Wucht, welche in dem unscheinbaren, noch verborgenen Vorgange lag, der da, dort, an hundert Punkten vielleicht bald sich wiederholte, aber sie verstand dessen allgemeine Bedeutung nicht und fühlte nur den schmerzlichen Druck.

Verwirrt, ratlos ging sie fort, ohne ihr Anliegen, das sie hergeführt, vorzubringen oder den Pfarrer mit Trostreden beruhigen zu wollen.

Erst auf der Straße, je mehr sie die Äußerungen des Geistlichen überdachte und mit frühern vereinzelten Worten und Vorfallenheiten zusammenhielt, fing es sie recht an zu frieren. Sie ward inne, daß sie zunächst keine Kirche mehr hatte, und in ihrem Frauensinne, durch die Macht der Gewohnheit, wurde es ihr zumut wie einer verirrten Biene, welche in der kalten Herbstnacht über endlosen Meereswellen schwebt. Vom Manne verlassen, das Gut verloren, und nun auch noch ohne kirchliche Gemeinschaft: das alles zusammen schien ihr einer fast ehrlos machenden Ächtung gleich zu kommen.

Die Kirchenlosigkeit, so äußerlich ihre Kirchlichkeit gewesen, schien ihr alle übrige Mißwende einzuschließen und zu besiegeln, und merkwürdigerweise glaubte sie jetzt dem Pfarrer aufs erste Wort, daß nichts in seinem Tabernakel sei, während sie ihres Mannes Anschauungen nie hatte annehmen wollen, eben weil er keine geistliche Autorität für sie besaß.

Sie wandelte lautlos nach Hause, nahm dort, um die nächste Stunde zuzubringen und auszufüllen, ein Strickzeug und setzte sich damit an ein Gartentor, dicht an die Straße, wie um zu zeigen, daß sie noch da sei und sich nicht zu scheuen brauche. Aber sie sprach mit niemandem und sah bleich auf ihre Arbeit, während ihre Lippen mechanisch die Strickmaschen zählten.

Der Abend nahte heran, auf dem stillglänzenden See fuhren Schiffe heimwärts und auf der Straße wanderten Arbeitsleute vorüber, ohne daß Justine aufblickte, bis ein steinaltes Weiblein, welches mühselig dahergepilgert kam, vor ihr stillstand, um auszuruhen und Atem zu holen. Das Wesen trug einen hohen gelben Strohhut auf dem Kopfe, einen kurzen roten Rock und solche Strümpfe, auf dem gekrümmten Rücken ein weißes Säcklein und in der Hand einen Stab und stellte sich so als eine Pilgerin dar, die, aus ferner Gegend kommend, nach dem berühmten Wallfahrtsorte wanderte, der wenige Stunden weiter im Gebirge gelegen war.

Als Justine sah, daß das Mütterchen kaum mehr stehen konnte, hieß sie dasselbe zu ihr auf die Bank sitzen. »Das will ich gern tun, wenn Ihr's erlaubt, schöne Frau!« sagte die Pilgerin und säumte nicht, sich neben ihr niederzulassen. Auch kramte sie sogleich in ihrem Reisesack und zog ein Stück Brot hervor, indem sie sich nach einem Brunnen umsah, der ihr einen Trunk Wasser dazu böte. Justine holte aber ein Glas guten alten Weines im Hause und gab es ihr, und sie labte sich vergnüglich daran.

»Warum geht Ihr in Eurem Alter so allein auf der heißen, harten Straße, während alle andern Wallfahrer auf der Eisenbahn und den Dampfschiffen reisen und bequemlich beieinander sitzen?« fragte Justine.

»Ei, das wäre ja kein Verdienst und kein Opfer für mich arme Sünderin!« antwortete die Pilgerin; »die andern, die reisen heutzutage mehr zur Lust und aus Vorwitz und verrichten allenfalls am Gnadenort ein nützliches Gebet. Ich aber wandere auf meinen alten Füßen zur allerseligsten Maria Mutter Gottes, und da bin ich nicht nur vor ihrem heiligen Altare bei ihr, sondern auf dem ganzen langen Wege begleitet sie mich auf jedem Schritt und Tritt und hält mich aufrecht, wenn ich sinken will, wie eine gute Tochter ihre alte schwache Mutter! Eben jetzt hat sie mir durch Euere weiße Hand diesen stärkenden Trunk gereicht! Wenn Ihr wüßtet, wie süß und lieb sie ist, wie schön, wie glänzend! Und welche Macht besitzt sie, welche Klugheit! Für alles weiß sie Rat und alles kann sie!«

Während solcher Lobpreisung ließ das Mütterchen seinen Rosenkranz nicht einen Augenblick aus der Hand. Neugierig sah ihr Justine zu, wie sie fortwährend mit den Kugeln spielte, und verlangte zu wissen, in welcher Weise man ihn gebrauche und um die Hand wickle. Die Alte zeigte es ihr sogleich und wand ihr die ärmliche Kugelschnur um die Hände. Justine hielt diese einige Augenblicke nachdenklich gefaltet und schaute so in Gedanken verloren vor sich hin; dann schüttelte sie aber langsam den Kopf und gab der Pilgersfrau ihren Rosenkranz zurück, ohne ein Wort zu sagen.

Das Pilgerweiblein wollte nun nicht länger ruhen, sondern noch ein gutes Stündchen weitergehen, ehe es die Herberge aufsuchte, und so bedankte es sich, versprach für die gute schöne Frau ein Gebet zu verrichten, ob sie es wolle oder nicht, und wanderte auf den schwachen Füßen in den dämmernden Abend hinaus, so wohlgemut und sicher, wie wenn es zu Hause in seiner Stube herumginge.

Justine lehnte sich zurück und sah der roten, schwankenden Gestalt nach, bis sie in den blauen Schatten des Abends verschwand.

»Katholisch!« rief sie, sich selbst vergessend, und versank wieder in tiefe suchende Gedanken; und sie schüttelte abermals das Haupt.

Aber ihre obdachlose Frauenseele suchte fort und fort; sie ging ungegessen zu ihrem Lager und brachte schlaflos die Nacht zu. Sie konnte jetzt nicht einmal mehr sagen, sie sei arm wie eine Kirchenmaus, da sie nur mehr eine wilde Feldmaus war. In dieser Not erinnerte sie sich einer kleinen armen Arbeiterfamilie, einer Witwe mit ihrer Tochter, welche im Rufe einer ganz eigentümlichen Frömmigkeit standen und unter den armseligsten Umständen einer vollkommenen Zufriedenheit und Seelenruhe genossen, so daß der Pfarrer selbst, obgleich sie einer, wie er sagte, törichten und unwissenden Sekte angehörten, von ihnen geurteilt hatte, sie könnten ganz gut einen Begriff von den Urchristen der ersten Zeiten geben. Die beiden Personen hatten früher in Schwanau gelebt und die Tochter hatte in den Glorschen Fabriksälen gearbeitet. Justine, welche eine gewisse Zuneigung zu den Leutchen empfunden, war zu verschiedenen Malen von dem Vorsatze, dieselben zu bekehren und für ihre artig eingerichtete und verständige Kirche zu gewinnen, unwillkürlich abgestanden, sobald sie an die Ausführung hatte gehen wollen. Dann waren Mutter und Tochter aus der Gegend weg und in die Nähe der Hauptstadt gezogen, und jetzt beschloß die schlaflose Justine, sie aufzusuchen und das Geheimnis ihres Friedens und ihres Glaubens zu erforschen und ihrer Glückseligkeit teilhaftig zu werden, wenn es möglich wäre. Sie beschloß auch, das schon am nächsten Tage ins Werk zu setzen.

Viertes Kapitel

Am Morgen, der einen schönen Tag ansagte, stand Justine denn auch in aller Frühe auf und rüstete sich zum Wandern; denn sie wollte, obschon sie beinahe drei Stunden weit zu gehen hatte, demütig zu Fuß pilgern, angeregt ohne Zweifel von dem wallfahrenden Mütterchen und weil sie so am ehesten ihren Gedanken überlassen war. Sie zog ein Paar ihrer ehmaligen starken Vorsteherinnenschuhe an, welche ihr jetzt trefflich zustatten kamen, und belud sich auch mit einem Korbe, in welchem sie für die guten Urchristen eine Gabe barg, eine Flasche guter reiner Sahne, ein frisches Weizenbrot, ein Dütchen Schnupftabak für die Mutter, welche, wie sie wußte, trotz ihrer Weltentsagung gern ein Prischen nahm, wenn sie es haben konnte, und für die Tochter ein Paar gute neue Strümpfe. So schürzte sie ihr Kleid und begab sich auf den Weg, statt des Pilgerstabs freilich einen Sonnenschirm in der Hand, der ihr nebst dem breitrandigen Strohhut genugsam Schatten gab.

Sie überlegte sich während des Gehens noch alles, was sie von den Frauen wußte, und befreundete sich immer mehr mit dem gefaßten Vorsatze.

Die Mutter Ursula war als arme Dienstmagd in die Gegend gekommen und hatte still und brav ihrer Pflicht gelebt. Allein sie liebte damals, wie sie sagte, die Welt und gab einem Sohn wohlhabender Landleute, gerührt von seiner Gutmütigkeit und Herzenseinfalt, Gehör, also daß sie sich zusammentaten, arm wie die Tierlein des Feldes, und ein Paar wurden. Denn der Mann wurde sofort von den Seinigen verstoßen und verlassen und sie gaben ihm nicht einmal einen leeren Holzkorb mit. Sie lebten nun kümmerlich als Tagelöhner in einer elenden entlegenen Hütte und waren verlassener als alle Robinsone auf ihren Inseln. Sie lenkten mit ihrer Einfalt und Geduld alle Hartherzigkeit der Menschen auf sich, mitten in einer reichen und christlich milden Landschaft, wie der Magnet das Eisen; alles, was von hochmütigem Mißverstand ringsum vorhanden war, schien sich vereinigt gegen die Armen zu richten, so daß einer den andern am Helfen hinderte und sie noch dazu lachten; und niemand wußte warum, wie es in der Welt so gehen kann.

Das Frauchen war aber immer noch von Weltlust erfüllt. Sie lockte eine dicke Bauernkatze, die in der Nähe der Hütte im Felde schlich, zog ihr das Pelzröcklein aus und sott sie im Wasser, um den schwarzen Hunger zu stillen; auch nahm sie sorglich das Fett ab zum Kochen einiger Wassersuppen für den Fall, daß ein wenig Mehl oder Brot ins Haus käme. Allein diese Gewalttat wurde entdeckt, und die Geldbuße, welche der Frau dafür auferlegt wurde, nahm den Lohn eines ganzen Monats hinweg, welchen der Mann endlich nach langem Suchen bei einem Straßenbau hatte erwerben können. Deshalb trank derselbe in seiner gutmütigen Einfalt, auf den Rat anderer, vom nächsten Lohn sogleich einen Rausch, ehe man ihm das Geld nehmen konnte, und wurde dabei von einer unterhöhlten Erdlast erschlagen, da er nicht rechtzeitig vor dem Sturze floh.

Damit war aber auch die Zeit der Sünde und der Weltlust für die Frau Ursula vorüber.

Um jene Zeit waren ärmliche namenlose Pilger erschienen, welche unter dem geringen Volke für irgendeine Sekte Anhänger suchten und die bekehrten Leute tauften. Sie lehrten das reine ursprüngliche Christentum, wie es nach ihrer Meinung ohne jede Gelehrsamkeit in der Bibel zu finden war, wenn man nur jedes Wort ganz buchstäblich, und zwar in der deutschen Übersetzung, die ihnen zu Gebote stand, auffaßte. Die Hauptsache war, daß in Tat und Wahrheit ein neues geheiligtes Leben geführt werden müsse, zu jeder Stunde des Tages und an jedem Orte, und daß ferner die Gläubigen unter sich einen festen Verband der Liebe und der gegenseitigem Anhänglichkeit bilden, um sich für die große Stunde des verheißenen Weltgerichtes, das bald kommen werde, zu stärken und bereit zu halten.

Diese Prediger sammelten bald eine Gemeinde um sich, bestehend aus hilfsbedürftigen dunklen Seelen, aus natürlichen Kopfhängern, aus schwachen Hochmütigen, welche selbst an ihrem geringen Orte einen Standpunkt suchten, von welchem aus sie besser sein konnten als der Nachbar, aus guten Herzen, die ihre Liebe trieb, aus Unglücklichen, die einen Trost zu finden hofften, der ihnen anderwärts nirgends blühte. Einige von ihnen, wenn sie katholisch gewesen wären, hätten sich einfach in ein Kloster gemacht, andere, wenn es ihre Lebensverhältnisse mit sich gebracht hätten, wären Freimaurer geworden, wiederum andere, wenn sie bemittelt und gebildet gewesen wären, hätten sich irgendeinem gemeinnützigen oder wohltätigen Verein oder einer gelehrten oder einer musikalischen Gesellschaft angeschlossen, um sich aus dem Staube des gemeinen Lebens zu erheben. Alles dies ersetzte ihnen nun die stille gläubige Genossenschaft; da fanden sie nicht nur die Heiligkeit und das ewige Leben, sondern auch Kurzweil und Unterhaltung zur Genüge in fortwährendem Reden, Lehren, Disputieren, Beten und Singen.

Allein sie waren keineswegs geschätzt und beliebt, sondern von allen Seiten verfolgt und verlacht, von der Kirche, von den Freien, von den Orthodoxen, von den vornehmern Frommen, vom Volke, von den Behörden. Besonders auf dem Lande wurden ihre Zusammenkünfte gestört und auseinandergesprengt, und die Unduldsamkeit, welche sich bei ihnen selbst frühzeitig einnistete, wurde auch reichlich gegen sie geübt.

Am Orte, in welchem die arme Witwe wohnte, waren die Sektierer besonders heftig verfolgt worden und sie durften nicht mehr im Gemeindebann sich versammeln. Sie hielten ihren Gottesdienst daher in einer Wildnis, in dem abgelegenen Gemäuer einer zerstörten Zwingburg, welche man die Teufelsküche nannte. Sie kehrten sich nicht an den neuen Spott, der hiedurch gereizt wurde, und predigten und sangen gar andächtig zwischen dem Gebüsch und Unkraut.

Ursula hörte in ihrer verfallenden Hütte eines Sonntagabends die frommen Lieder durch die stille Luft herübertönen, just von daher, wo die goldenen Wolken über dem Walde standen. Es zog sie gar tröstlich, dem Glanz und dem Tone nachzugehen; sie nahm also ihr zweijähriges Töchterchen, das Agathchen, auf den Arm und ging, bis sie die verborgene Versammlung fand, setzte sich bescheiden auf ein Trümmerstück im Hintergrunde der Teufelsküche, das Kind auf dem Schoße in den Armen haltend, und lauschte aufmerksam auf jedes Wort, das gesprochen wurde. Verschiedene Prediger standen auf, welche neben der Verwaltung der Heilslehre jeder ein schlichtes Handwerk trieben und das Wort selbst auch ganz schlicht handhabten; denn noch kannten sie nicht einmal den theologischen

Unterschied zwischen Peter und Paul und niemand wußte hier so recht, wer eigentlich die Römer gewesen seien, deren Soldaten den Heiland gekreuzigt haben.

Im Anfang war die arme Witwe vom Schatten einer Haselstaude bedeckt; doch wie die Sonne tiefer sank, überstreute sie die Mutter und das Kind mit spielenden Lichtern und zuletzt leuchtete das Bild ganz übergüldet aus dem feurigen Grün heraus. Dadurch fiel es dem Manne in die Augen, der eben predigte. Er unterbrach sich, als er die still aufhorchende Frau sah, und hieß sie mit lauter Stimme näher kommen und in dem Kreise der Gläubigen Platz nehmen, also daß die ganze Gemeinde den Kopf wandte und die Fremde wahrnahm.

Diese rührte sich aber nicht und blieb schüchtern sitzen, bis von einer Reihe von fünf oder sechs älteren Waschfrauen, die an hervorragender Stelle feierlich auf einem Baumstamme saßen, wie ebenso viele Bischöfe, eine sich erhob und das verlorne Schäflein mit seinem Jungen abholte und an der Hand herbeiführte.

So war sie nun in die Gemeinde aufgenommen und wuchs mit ihrem Kinde zu einem angesehenen Mitgliede derselben heran, eigentümlich und verschieden von allen andern, wie aus dem gleichen Erdreiche je nach ihrer Art die verschiedensten Pflanzen wachsen.

Die Waschfrauen zunächst einverleibten sie ihrem Verbande und verschafften ihr genügende Arbeit, so daß sie eine Wäscherin im Herren wurde, welche in den Häusern vierzig Jahre lang ohne Aufhören schaffte und sich abmühte Tag und Nacht, bis ihre Kräfte mehr als erschöpft waren. Während dieser Zeit hatte die Gemeinde sich längst Duldung errungen und zu einer gewissen Stattlichkeit entwickelt; die Glieder waren alle, durch gegenseitige Hilfe und geordnetes Leben emporgehalten, in einem behaglichen Zustande; die Prediger stellten sich schon mehr als Geistliche mit einiger Gelehrsamkeit dar und trugen bessere Röcke; die Versammlungen fanden in einem hellen, freundlichen Betsaale statt, auch wurde der Landeskirche sowohl als anderen sich ausbreitenden Sekten gegenüber schon eine kleine Kirchenpolitik getrieben.

Ursula aber und Agathchen ihre Tochter blieben sich immer gleich, verharrten in der Einfalt der ersten Zeit und wurden ohne ihr Wissen Musterbilder menschlicher Frömmigkeit. Die Tochter war schwach und kränklich von Körper; sie haspelte lange Jahre Seide in den Arbeitsräumen des Glorschen Hauses und lebte so mit ihrer Mutter zusammen, welche wusch. Solange sie so fortarbeiten konnten, erwarben sie zur Genüge, was sie bedurften, und konnten ihren Religionsgenossen helfen und beisteuern, wo es not tat, und ließen sich nicht suchen, und darüber hinaus hatten sie immer noch kleine Mittel, sich freundlich und dankbar zu erweisen gegenüber der Welt, für jeden kleinen Dienst, für jede Freundlichkeit, die ihnen erwiesen wurden. Sie verstanden ohne Absicht die Kunst, in der Armut reich zu sein, allein durch die unaufhörliche Arbeit und die eigene Genügsamkeit und Zufriedenheit. Der einzige Krieg, welchen sie unter sich führten, bestand in dem gegenseitigem Wetteifer mit ebensolchen Freundlichkeiten und Wohltaten, wie sie den Fremden erwiesen, weil jedes, sobald es empfangen sollte, sich dagegen wehrte und behauptete, das sei unnötig und übertrieben.

Sonst lebten sie im tiefsten Frieden mit aller Welt. Jede Kränkung verziehen sie im Augenblicke der Tat und erwiderten nie ein rauhes Wort im gleichen Tone, da sie aus ihrer Frömmigkeit eine Selbstbeherrschung schöpften, welche sonst nur durch Geburt und Erziehung erworben wird. In gleichem Sinne unterdrückten sie ohne Anstrengung unbescheidene Neugierde und Tadelsucht, und wie alle die kleinen Gesellschaftslaster heißen, und gegen die Ungläubigen und Weltkinder waren sie um so wohlwollender und duldsamer, je sicherer sie zu wissen glaubten, daß dieselben tief unglücklich, wohl gar verloren seien.

Das Unrecht nahmen sie hin, ohne sich seiner gerade zu erfreuen, aber auch ohne es zu bestreiten. Brüder des verstorbenen Mannes und Vaters hatten sich emporgeschwungen und lebten scheinbar in Wohlhabenheit und Ansehen, ohne das kleine Erbe, das dem Kinde und seiner Mutter zukam, jemals aushin zu geben oder ihnen auch nur einige Zinsen davon zu gönnen. Die Hochfahrenden waren eben stets in Geldsachen gedrückt und mochten die mäßigsten Summen nicht entbehren, das aber nicht eingestehen und stellten sich daher, als anerkannten sie das Recht nicht, so klar es war. Es hätte die zwei Frauen nur ein Wort gekostet, jene dazu zu zwingen und ihr öffentliches Ansehen bloßzustellen; allein sie waren selbst von ihren Glaubensgenossen nicht dazu zu bewegen und blieben, solange sie lebten, die armen geduldigen Gläubiger der hochfahrenden ungerechten Verwandten, so daß in Wahrheit man sie die Reichen und diese die Armen nennen konnte.

Mit der Zeit nun waren sie älter und alt geworden; die Arbeit fing an, ihnen beschwerlich, ein tägliches Leiden zu werden, ohne daß sie sich derselben entschlagen wollten, und die kränkliche Tochter strengte sich doppelt und dreifach an, um der Mutter wenigstens die nötigste Erleichterung verschaffen zu können, und bei alledem blieben sie heiter und gefaßt und gewährten eher immer noch anderen Trost und kleine Hilfsleistungen als daß sie solche beanspruchten.

Um diese Zeit kam das große Unglück über das Haus Glor, wo die zahlreichen Arbeiter über Bedürfnis und Vermögen hinaus fortbeschäftigt wurden. Während nun manche solcher Arbeiter, die Haus und Hof besaßen und von der Sachlage wohl stille Kenntnis hatten, ihren Verdienst ruhig weiter bezogen und die Ärmeren vollends ihr Auskommen wie eine Schuldigkeit nach wie vor forderten, machte sich das arme schwache Agathchen allein ein Gewissen daraus. Sie und ihre Mutter sagten sich, daß die verunglückten Herren mit jedem Tagelohn, den sie weiter auszahlten, ein gezwungenes Opfer brächten, welches sie nicht annehmen dürften oder wollten; sie beschlossen, ohne alle Überhebung, sondern aus reiner Güte, diesem Opfer aus dem Wege zu gehen, und zogen wirklich aus der Gegend hinweg. Agathchen, das alternde Mädchen, hatte freilich dabei noch den geheimen Plan, die Mutter ihrer Kundschaft zu entführen, bei deren Bedienung sie anfing zusammenzubrechen, wenn die großen Waschfeldzüge eines Morgens um drei Uhr begannen und drei Tage hindurch dauerten. Sie dachte ein Haspel- oder Windewerk ins Haus zu bekommen, wo sie dann die ruhende Mutter den ganzen Tag pflegen und zugleich für beide arbeiten könnte.

Sie fanden in der Nähe der Hauptstadt das gesuchte Unterkommen in einem kleinen Häuschen, welches ihnen der Seidenherr zum Wohnen gab. Dieses Gebäudchen befand sich in einem entlegenen Baumgarten und enthielt zwei kleine Gemächer in der Art, daß das eine nach dem Baumgarten hinausging und nur zu erreichen war durch das andere, welches an der Landstraße lag. Jenes war ein sonniger, freundlicher Aufenthalt im Grünen, da die Wiese mit den Bäumen dicht am Fenster lag. Dieses dagegen war ein dunkles, unfreundliches Gelaß, dessen Eingang zugleich die Haustüre bildete und auf die staubige Landstraße ging. Neben der Türe gab es als Fenster nur noch ein kleines vergittertes Loch in der Mauer.

In diesem finstern Aufenthalt saß ein unzufriedenes und häßliches altes Weib, welches denselben hätte räumen sollen, aber auf Bitten der frommen Frauen dort gelassen worden war. Sie selbst wohnten in dem freundlichen Gemach. Zwar hatten sie dasselbe schon einmal mit dem dunklen Loch vertauscht, als die böse Alte sich darüber beklagte und zankte, und diese in das helle Stübchen sitzen lassen; allein hier hatte sie wiederum nicht bleiben wollen, weil sie den Eingang nicht bewachen und nicht sehen konnte, was auf der Straße vorging. Die beiden Geduldüberinnen hatten also doch wieder nach hinten ziehen müssen, und sie wohnte wiederum im Loch, wo sie unaufhörlich schalt und drohte und die Ein- und Ausgehenden belauerte, ausfragte und gegen die guten Leutchen einzunehmen versuchte. Denn sie hatten allerlei Zuspruch von Freunden und solchen, welche eines friedlichen Wortes bedürftig waren. Sie teilten auch alle kleinen Liebesgaben, die sie etwa erhielten und mit aufrichtigem Danke annahmen, sogleich mit dem Ungetüm, das die Teilung jedoch unwirsch abmaß und grob zurückwies, wenn sie ihm nicht rasch und pünktlich genug schien.

Sie fürchteten aber das Unwesen keineswegs und lebten in dessen Nähe, wie etwa fromme Einsiedler in der Nachbarschaft eines wilden Tieres oder eines schreckhaften Dämons.

Dies Weib war nun jene Sibylle der Verleumdung, welche man das Ölweib hieß und die Jukundus Meyenthal aufsuchen wollte, um dem Unheil auf den Grund zu kommen, das er in der fröhlichen Nacht entdeckt hatte.

Als Justine das Häuschen erfragt und jetzt hergewandert kam, saß das Ölweib vor der Türe an der Straße und scheuerte mürrisch ein Pfännchen.

Die Sage erzählt, daß zur Zeit, als Attila mit seinen Hunnen erschien, in der Nähe von Augsburg eine wegen ihrer abscheulichen Häßlichkeit verbannte Hexe wohnte, welche dem zahllosen Heere, als es über den Lech setzen wollte, ganz allein und nackt auf einem abgemagerten schmutzigen Pferde entgegengeritten sei und »Pack dich, Attila!« geschrieen habe, also daß Attila mit dem ganzen Heere voll Schrecken sich stracks gewendet und eine andere Richtung eingeschlagen habe und so die Stadt von der verstoßenen Hexe gerettet und diese mit einem guten neuen Hemde belohnt worden sei. Aber diese Hexe hier verdiente um ihr Vaterland schwerlich ein neues Hemd.

Auch Justine wäre beinahe umgekehrt und entflohen, als sie das Ölweib vor der Türe sitzen sah mit dem großen viereckigen, gelblichen Gesicht, in welchem Neid, Rachsucht und Schadenfreude über gebrochener Eitelkeit gelagert waren, wie Zigeuner auf einer Heide um ein erloschenes Feuer.

Die Unholdin zischte die schöne und stattliche Justine an und fragte sie, indem sie sich aufrichtete, wohin sie wolle, was sie bei den Leuten zu tun habe; aber Justine faßte Mut und drang bei ihr vorbei durch die Finsternis und stand plötzlich bei den friedlichen Frauen im Sonnenschein, das frische Grün vor den Augen.

»Ei, wie schön ist es hier«, rief sie, indem sie Korb und anderes abstellte, den Hut weglegte und sich setzte. Ursula und Agathe hingegen gerieten vom Erstaunen über die Überraschung in die herzlichste Freude hinein. Ursula saß gichtbrüchig in einem Lehnstuhle und konnte sich nicht erheben; Agathchen aber ließ ihr halbes Dutzend Häspelchen, die sich mit glänzend roter Seide in der Sonne drehten, stille stehen. Eine vornehme gelassene Herzlichkeit verklärte das bleiche Gesicht der Tochter, die doch keine vornehme Erziehung genossen hatte. Justine bemerkte, daß auch sie nicht ganz sicher auf den Füßen stand; Agathchen erklärte lächelnd, daß diese sie freilich etwas zu schmerzen anfingen und zuweilen ein bißchen geschwollen würden. Aber sie klagte so wenig wie die Mutter mit einem einzigen Wörtchen. Vielmehr beschrieben sie mit unschuldiger Heiterkeit die schnurrige Hexe vor der Türe, als Justine nach der unheimlichen Erscheinung fragte, und wie man Geduld mit der armen Kreatur haben müsse, welche von bösen Geistern bewohnt und gewiß leidend genug sei.

Wie erstaunten sie aber, als Justine ihre einfachen Geschenke hervorholte. Die Strümpfe hätten dem Agathchen nicht willkommener sein können; denn es gestand, daß es doch fast keine Zeit mehr finde zum Stricken, besonders seit die Augen des Nachts und beim Lämpchen nicht mehr recht sehen wollten. Ihrerseits hatte die Mutter das Päcklein frischen Schnupftabak schon geöffnet und mit einer beinahe zu lebhaften Befriedigung ihr kleines Horndöschen damit gefüllt. Hier war der einzige Punkt, wo das Kind die Mutter ein wenig beherrschte, indem es ihr nicht ganz so viel von der schwärzlichen Weltlust zukommen ließ, wie sie vielleicht, im Rückfall in ihre Jugendsünden, zu verbrauchen imstande gewesen wäre. Doch lächelte jetzt Agathchen selbst gegen Justinen hin, als die Mutter die frische Prise so fröhlich zu sich nahm.

Von der Sahne aber füllte Agathchen sogleich eine Schale und schnitt ein Stück von dem weißen duftigen Brot, um es dem armen Weib draußen zu bringen. »Nicht so rasch!« sagte die Mutter leise, »damit sie nicht überrumpelt wird, wenn sie wieder an der Türe horcht! Tritt ein bißchen laut auf mit den Füßen!«

»Ach, sie tun mir ja zu weh, wenn ich damit stampfe!« erwiderte die Tochter und lachte selbst zu dem harmlosen Betrug, welchen sie spielen sollte. Doch hustete sie, ehe sie die Türe aufmachte, ein weniges, und richtig sah man draußen in der Dämmerung des Vorraumes die unförmliche Gestalt des Weibes hinhuschen, behender als man von ihr erwartete.

Als es nun wieder stille war, wollten Mutter und Tochter doch wissen, auf welche Weise die junge Herrenfrau hieher gekommen sei und wohin des Weges sie gehe; denn sie bildeten sich nicht ein, daß sie nur zu ihnen allein so weit her habe kommen wollen.

Die Sonnenlichter, mit den Schatten der schwankenden Baumzweige vermischt, spielten auf dem Boden und an den Wänden des kleinen Stübchens; vor den offenen Fenstern summten die Bienen und ein grünes Eidechschen war von der Wiese heraufgeklettert und guckte neugierig in das Gemach; ein zweites gesellte sich dazu und beide schienen der Dinge gewärtig, die da kommen sollten. – Justine sah alles und fühlte diesen Frieden; aber sie fand keinen rechten Mut, die Stille zu unterbrechen, bis sie zu weinen anfing und nun bedrängt und beklemmt den Frauen anvertraute und erzählte, daß sie religionslos geworden sei und bei ihnen Rat und Aufschluß suche, worin ihr Glück bestehe und woher ihr Seelenfrieden komme. Sie hoffte ein Neues, noch nicht Erfahrenes, Übermächtiges zu erleben, dem sie sich ohne weiteres Grübeln hingeben könne. Sogleich tat die Ursula ihr Tabaksdöschen weg und Agathe legte nieder, was sie eben in den Händen hatte; beide sahen sich erschrocken an, falteten unwillkürlich die Hände, und Justine sah, wie jedes für sich leise betete und die Lippen bewegte, Agathchen mit rinnenden Tränen, die Mutter aber mit der ruhigeren Fassung des Alters. Keines getraute sich ein Wort zu sagen; sie waren ganz erschüttert von der an sie herangetretenen Forderung, eine gelehrte und glänzende Person für das Heil zu gewinnen, und doch war die himmlische Fügung nicht zu verkennen und anzuzweifeln.

Ursula fing zuerst langsam an, einige Worte zu sprechen, während Agathchen einen Schemel zu Justinen hinschob, sich zu ihren Füßen setzte und ihre Hände ergriff und streichelte. Denn Justine war längst ihre geheime Liebe und der vornehmste Gegenstand all ihres Wohlwollens und ihrer Bewunderung gewesen.

Indessen kam die Sache in den gesuchten Gang, die Zungen lösten sich, und nun wetteiferten die beiden Wesen, dem Weltkinde die große Angelegenheit darzutun und einander das Wort abzunehmen und zu ergänzen, wie zwei Kinder, welche einem dritten das soeben von der Großmutter gehörte Märchen erzählen.

Aber es war nichts Neues und Unerhörtes, was sie vorbrachten, sondern die alte harte und dürre Geschichte vom Sündenfall, von der Versöhnung Gottes durch das Blut seines Sohnes, der demnächst kommen werde zu richten die Lebendigen und die Toten, von der Auferstehung des Fleisches und der Gebeine, von der Hölle und der ewigen Verdammnis und von dem unbedingten Glauben an alle diese Dinge. Das alles erzählten sie wie etwas, das niemand so recht und gut wisse wie sie und ihre Gemeinde, und sie brachten es vor nicht mit der menschlich schönen Anmut, die ihnen sonst innewohnte bei allem, was sie taten und sagten, sondern mit einer hastigen Trockenheit, eintönig und farblos, wie ein Auswendiggelerntes. Bei keinem Punkte wurden die Worte weicher und milder, nirgends die Augen wärmer und belebter, selbst das Leiden und Sterben Jesu behandelten sie wie einen Lehrgegenstand und nicht wie eine Gemüts- oder Gefühlssache. Es war eine wesenlose Welt für sich, von der sie sprachen, und sie selbst mit ihrem übrigen Wesen waren wieder eine andere Welt.

Dazu redeten sie, in einfältiger Nachahmung ihrer Prediger, unbeholfen und ungefällig, ja befehlshaberisch in Hinsicht auf das bei jedem zweiten Wort wieder geforderte Glauben.

Da sah Justine, daß die guten Frauen ihren Frieden wo anders her hatten als aus ihrer Kirchenlehre und ihn nicht mit dieser verschenken konnten; oder daß vielmehr nur sie mit ihrer besonderen Einrichtung auf diesem dürren Erdreich hatten wachsen können, weil sie die Nahrung aus den freien Himmelslüften zogen. Sie war vergeblich hergekommen; das Herz zog sich ihr zusammen, daß es beinahe still zu stehen drohte, und sie lehnte sich auf ihrem hölzernen Stuhle zurück, um sich zu erholen, während die Predigerinnen immer noch fortsprachen. Sie erholte sich auch nach und nach, war aber immer noch weiß wie die getünchte Wand ringsumher und suchte sich zu besinnen, wie sie, ohne die Frauen zu kränken, die Sache beendigen und fortkommen könne.

Plötzlich ertönte vor der Türe ein häßlicher Schrei, wie wenn einer Katze auf den Schwanz getreten würde. Erschreckt eilte Agathchen hin und öffnete die Türe, daß das volle Licht in die dunkle Vorkammer drang, und man sah einen schlanken hochgewachsenen Mann, welcher das Ölweib an der Kehle festhielt und ein weniges an die Wand drückte. Beschämt und verlegen ließ er die Hexe aber sogleich wieder frei, als das Licht auf die Szene fiel, und auch aus Ekel, weil sie ihm in der Angst und Wut auf die Hand geiferte, die er nun abwischte. Jetzt ließ sich aber ein wohltönender Ausruf hören von Seite Justinens her, welche in dem Manne den Herren Jukundus Meyenthal erkannte; der kehrte sich zu ihr und sofort fielen sich beide Gatten um den Hals und hielten sich lange umfaßt. Dann betrachteten sie sich aufmerksam und sorglich die ernsten traurigen Gesichter und gingen endlich vorderhand in das Stübchen der Frauen hinaus an das Sonnenlicht.

Jukundus war, während Justine ihren Glaubensunterricht empfing, zur guten Stunde in die Höhle der Hexe gekommen. Sie hatte zuerst boshaft und zufrieden gelächelt, weil sie glaubte, der hübsche Mann und die schöne Frau hätten ein verbotenes Stelldichein bei den frommen Weibern und diese böten endlich ihre schwache Seite dar und ein ganzer Krug voll Rosenöl werde aus diesem Abenteuer zu gewinnen sein.

Als aber Jukundus sein Verzeichnis anzuschwärzender Biederleute hervorzog, ihr sagte, um was es sich handle, in wessen Namen und Auftrag er gekommen, und sie ziemlich trocken und kurz zu fragen begann, was sie von jedem wisse oder was sich tun lasse, um denselben als Bösewicht in das verdiente Gerücht zu bringen und zur Strafe zu ziehen, sagte sie mürrisch: »Den kenne ich nicht! Die haben mir nichts getan!«

Dieses Tier hat doch wenigstens den Instinkt, nur diejenigen zu beißen, die es berührt oder gestoßen haben! dachte Jukundus und fragte, was ihr denn dieser oder jener von den früher Angefallenen getan habe?

Sie lachte sogleich heiser, als sie die Namen jener Opfer hörte und sich des gewichtigen Anteils erinnerte, welcher ihr an der lustigen Hetzjagd vergönnt gewesen. Jedoch gab sie keine Antwort auf die Frage, sondern begann mit schwerfälliger Beredsamkeit zu schildern, wie sie bei dem Aufbringen und Ausbreiten der bösen Nachreden und Anschuldigungen verfahren sei. Da brauche es zuerst nur eine bestimmte, an sich unschuldige Eigenschaft, einen Zustand, ein Kennzeichen des Betreffenden, einen Vorfall, das Zusammenkommen zweier Umstände oder Zufälle, irgend etwas, das an sich wahr und unbezweifelt sei und für die zu machende Erfindung einen Kern von Wirklichkeit abgebe. Auch seien nicht nur Erfindungen zu verwenden, sondern man könne auch mit Vorteil die von dem einen verübten Vergehen und Abscheulichkeiten auf den andern übertragen mittelst jener äußern wirklichen Zufälligkeiten oder das, was man selbst zu tun immer Lust verspüre oder vielleicht schon ein bißchen getan habe, einem andern anhängen. Auf solche Weise das oft unbillige Schicksal auszugleichen und zu verbessern gewähre ein gewissermaßen göttliches Vergnügen, wie zum Beispiel wenn man von zwei Menschen den einen wohl leiden möge, den andern hasse, der erste aber ein armer böser mißlungener Schwerenöter, der letztere ein unerträglicher Rechttuer sei, der nichts an sich kommen lasse. Da fühle man sich dann so recht wie eine Vorsehung, wenn man die Unreinlichkeiten und Gebrechen des guten Freundes und Dulders diesem abzunehmen und dem widerwärtigen Rechthaber aufzubürden verstehe. Ja, es sei etwas Großes, mit einem ausgestreuten Wörtlein ein stolzes Haus in Schmach und Ungemach zu stürzen, größer als wenn ein Zauberer einen Sturm erregen und Schiffe auf dem Meer untergehen lassen könne.

Bei diesen Reden verriet das Weib weit mehr Welt- und Personenkenntnis als ihr ungefüges Äußere und die ärmliche Lage hätten erwarten lassen; aber alle diese Kenntnis war verkümmert und verkrüppelt und wucherte nur um die Oberfläche der Dinge herum, wie ein Moosgeflecht. Auch glich sie trotz ihrer Verschmitztheit zuweilen einem Kinde, welches in Unwissenheit mit dem Feuer spielt und dabei eine Stadt anzündet.

Den oft verworrenen Worten und Anspielungen war mit Mühe zu entnehmen, daß das Weib den eigenen Eltern oder Großeltern vorwarf, eine vornehme Herkunft verläppert und sie dem Elend und der Dunkelheit ausgesetzt zu haben, daß sie einst mit einem Schuster verheiratet gewesen, der lang mit ihr gerungen, sie aber zuletzt besiegt und fortgejagt hatte, und daß sie sich jetzt mit Hausieren ernährte, indem sie bald diese, bald jene Ware ausfindig machte, mit welcher sie, wenn sie aufgelegt war, in allen Gassen herumstreichen, von Haus zu Haus schleichen und ihrem finstern Treiben obliegen konnte.

Plötzlich unterbrach sich die Hexe in ihrer Rede und verlangte nochmals die Namen derjenigen zu sehen, die neuerdings verleumdet werden sollten; denn sie hatte über ihrem Reden unversehens Lust bekommen wieder zu handeln und Vorsehung zu spielen.

Jukundus gab ihr den Zettel in die Hände, um zum letzten Überfluß noch zu sehen, wie sie im einzelnen zu Werk ging, nachdem er sich im allgemeinen schon überzeugt hatte, auf welcher Grundlage die große öffentliche Verfolgung aufgebaut sei.

Gleich beim ersten Namen, der einem ehrlichen Bürgersmann angehörte, rief sie: »Halt, den kenne ich doch! Wie konnte ich den übersehen? Das ist ja der saubere Herr, der mich einmal aus dem Hause gewiesen hat, als ich in seiner Küche mit den Dienstboten sprach! Der hat rasch hintereinander mehrere Erbschaften gemacht und ist reich geworden, während arme Verwandte am Hungertuch nagen! Das wird ein artiger Erbschleicher sein, wenn man die Sache näher untersucht und in einen vernünftigen Zusammenhang bringt. Denn ein paar alte Basen von ihm, die er beerbt hat, sind unvermutet gestorben, ja, was sage ich? sein eigener Vater ist vor ein paar Jahren gestorben, ohne daß er sehr alt oder krank war, höchst wunderlich!«

Jetzt erschrak aber Jukundus über die Folgen seines Tuns und er entriß der Alten den Zettel, indem er rief. »Schweigt still, abscheuliche Ölhexe! und untersteht Euch nicht, ein einziges Wort von alledem zu wiederholen, was Ihr da lügt, oder Ihr habt es mit mir zu tun!«

»Mit Euch?« erwiderte die Unholdin, die ihn plötzlich mit aufgerissenen Augen anglotzte und dann zischte: »Was ist's mit Euch? Was willst du eigentlich von mir, du Hund? du verfluchter Spion? Willst du mich bestechen und zu Schlechtigkeiten mißbrauchen? Wart, dich wollen wir schön in die Mache nehmen! Man kennt dich schon! Man kennt dich schon, du erzschlechter Kerl!«

Von der häßlichen Wut des Weibes und dem ungeheuerlichen Gesicht, das sie zeigte, gereizt, packte Jukundus, der sich schon zum Gehen gewandt hatte, sie einen Augenblick, sich vergessend, am Kragen und entlockte ihr eben dadurch den Schrei, welcher das Wiedersehen mit Justinen herbeiführte, so daß er die Verletzung des morgenländischen Gebotes:

> Mit einer Blume nur zu schlagen
> Ein Frauenbild, nicht sollst du wagen!

welches ihm nachher einfiel, schließlich doch nicht bereute.

Ursula und ihre Tochter waren von dem Zusammentreffen der getrennten Gatten in ihrer Wohnung gerührt und erfreut; sie betrachteten es als eine weitere Fügung Gottes, wobei ihnen zweifelhaft erschien, ob die besonnene Glaubenslehre ihren Fortgang haben werde; denn sie trauten dem Herren Meyenthal nicht ganz. Sie stellten daher die Sache einem Höheren anheim und schwiegen jetzt bescheiden von derselben; sogleich nahm auch Ursula ihr Tabaksdöschen wieder zur Hand.

Jukundus und Justine sprachen indessen nicht viel und trachteten ins Freie zu kommen. Nachdem sie über ihr Zusammentreffen an diesem Orte das Nötigste sich erklärt hatten, verabschiedeten sie sich von den guten Christinnen, die Jukundus noch wohl kannte, und versprachen ihnen weitere Nachricht und Teilnahme. Als sie durch das Gelaß des Ölweibes gingen, war dieses nicht zu sehen und mußte sich versteckt haben. Doch kaum waren sie auf der Straße, so erschien ihr Gesicht unter dem Gitterfensterchen, wo sie ihnen greuliche Schimpf- und Drohworte nachrief. Doch sie hörten nichts davon, da sie genugsam mit sich selber beschäftigt waren und mit einem neuartigen Gücksgefühl, doch immerfort in tiefem Ernste nebeneinander hingingen.

Jukundus hatte in einem Gasthause ein Pferd stehen, auf welchem er die ziemlich weite Strecke hergeritten war; Justine hatte mit einem Bruder verabredet, auf einem aus der Stadt kommenden Dampfboote an der nächsten Landungsstelle zur gemeinsamen Rückfahrt zusammenzutreffen. Sie verabredeten daher sich am nächsten Morgen wieder zu sehen, und zwar bei den Großeltern auf dem Berge bei Schwanau, wohin Jukundus sich in aller Frühe aufmachen sollte. Dort wollten sie den ganzen Tag zubringen und sich aussprechen. So gingen sie für heute voneinander und blickten sich dabei treuherzig und innig in die Augen, aber immer im tiefsten Ernste.

Der folgende Tag war ein Sonntag, der mit dem schönsten Juni-morgen aufging. Justine war mit der Sonne wach; sie rüstete und schmückte sich, als ob es zu einem Feste ginge, indem sie gegen ihre letzte Gewohnheit das Haar in reiche Locken ordnete, ein duftiges helles Sommerkleid anzog, auch den Hals mit etwelchem feinen Schmucke bedachte. So ging sie, ungesehen von den noch schlafen-den Ihrigen, den Weg nach der Höhe, das Gesicht leicht gerötet und rüstigen Schrittes. Die Großmutter war über ihre jugendliche und reizende Erscheinung ganz verwundert und auch zufrieden mit der Wendung, welche das Schicksal zu nehmen schien. Sie zwang, da sie beim Frühstück saß, die Enkelin, die noch nichts genossen hatte, eine Schale Kaffee zu trinken. Doch ruhte Justine nicht lange, son-dern brach wieder auf, um auf dem Bergwege, auf welchem Jukun-dus kommen mußte, ihm entgegen zu gehen. So wandelte sie in bänglich froher Erwartung in die Sonntagsmorgenstille hinein. Die Erde war überall, wo man hinsah, mit Blumen bedeckt, von den eben verblühenden Bäumen wehten die Blüten hinweg, wenn ein Lufthauch sich erhob. Jetzt begannen die Kirchenglocken in der Nähe und in der Ferne zu läuten, rings um den langhin gedehnten See, in den weißschimmernden Ortschaften; die tiefen vollen Töne der mächtigen Glocken flossen zusammen und erfüllten weit und breit die Luft wie ein unendliches Klangmeer, welches an das klop-fende Herz Justines hinanschwoll und es in seine Tiefe zurückzu-ziehen drohte. Allein sie kehrte nicht zurück, sondern eilte, getra-gen von den tönenden Wogen, dem Manne entgegen, der jetzt im Scheine der Morgensonne raschen Schrittes herankam. Sobald sie einander gewahrten, kehrte das verloren gewesene Lachen in ihre Gesichter zurück, und sie umarmten und küßten sich herzlich.

Ohne darauf zu achten, wohin sie gingen, gerieten sie auf einen Waldpfad und bestiegen Arm in Arm die oberste Höhe des Berges, während sie in gegenseitigem Geplauder sich alles erzählten, was ihnen widerfahren und was sie gelebt und gedacht über die Zeit ihrer Trennung. Das Glockengeläute verlor sich indessen allmählich durch die hinter ihnen liegenden Waldungen sowie durch das end-liche Aufhören, und als der letzte Ton mit einem einzelnen Nach-schlag verhallte, wurden sie doch der tiefen Stille inne, welche jetzt eintrat. Sie befanden sich am Rande einer geräumigen Waldlich-tung, die eine schön gepflegte Baumschule umfaßte. In wohlgeordneten Reihen standen Tausende und wieder Tausende von winzigen Weißtännchen, Rottännchen, Fichtchen, Lärchlein, kaum drei bis vier Zoll hoch, die ihre hellgrünen Köpfchen emporstreckten und einer festlichen Versammlung vieler Kleinkinderschulen glichen. Dann standen die gereihten Scharen kniehoher, dann brusthoher Bäumchen, wie wackere Knabenschulen, bis ein Heer mannshoher Buchen-, Eichen-, Ahornjünglinge folgte und im Rücken derselben die schützende Gemeinde der alten Hochwaldbäume die Versammlung abschloß. Die ganze Pflanzschule war so sorgfältig und zierlich gehalten wie der Garten eines großen Herren, obwohl sie nur einer bäuerlichen Genossenschaft gehörte; die feierliche Stille erhöhte den überraschenden Eindruck, welchen der Anblick einer liebevollen Sorge hervorbrachte, die nicht mehr für das eigene Leben, sondern für ein kommendes Jahrhundert, für die Enkel und Urenkel wartete.

Im durchsichtigen Schatten junger Ahornstämmchen war von den Forstleuten eine Ruhebank angebracht worden, auf welche Jukundus und Justine sich niederließen, den tröstlichen Anblick schweigend und ruhevoll genießend.

»Siehst du«, sagte endlich Jukundus, indem er Justinens Hände ergriff, »so wie wir uns nur wieder gefunden haben, sehen wir gleich, daß die Welt überhaupt nicht so schlimm ist als sie sich gerne stellen möchte. Alle diese hastigen und harten Selbstsüchtigen geben sich eigentlich doch alle ihre Mühe nur für ihre Kinder und erfüllen sogar Pflichten der Vorsorge für die ihnen unbekannten künftigen Geschlechter!«

»Hast du mich auch noch ein bißchen lieb?« erwiderte Justine, welche in diesem Augenblicke nur für sich sorgen mochte. Jukundus blickte in die Ferne und sah durch ein paar Tannenwipfel hindurch eine Spanne des blauen Horizontes mit einem länglichen weißen Gebäude schimmern, das mehr zu ahnen als zu erkennen war.

»Kannst du jenes weißglänzende Ding sehen?« sagte er, »es ist einst ein Kloster gewesen, das vor siebenhundert Jahren ein Rittersmann zum Gedächtnis seiner Frau gestiftet hat, als sie ihm gestorben war. Er selbst ging in das Haus hinein und verließ es in seinem Leben nicht wieder. So lieb bist du mir, wie dem seine Frau war, obgleich ich in kein Kloster gehen würde, wenn ich dich verlöre. Aber der ganze glänzende und stille Weltsaal wäre für mich das Gotteshaus deines Gedächtnisses, deine Grabkirche! Doch laß uns nun den kleinen Ehrenhandel schlichten, der noch zwischen uns schwebt. Zur Buße und Sühnung sollst du mir jenes grobe Wort noch einmal sagen, das uns entzweit hat, du gröbliches Liebchen, aber mit lachendem Munde, damit es seinen bösen Sinn verliert. Schnell also, wie hieß es?«

Er legte hiebei den Arm um ihre Schultern und hielt mit der anderen Hand ihr Kinn fest. Sie schüttelte aber den Kopf und verschloß, so dicht sie konnte, den Mund. Da klopfte er ihr sachte auf die Wangen, suchte ihr den Mund aufzumachen und sagte immer: »Schnell! heraus mit der Sprache, rühre dein Zünglein!« bis sie voll Zärtlichkeit und Scherz das Wort rasch, aber fast unhörbar hersagte: »Lumpazi!« worauf Jukundus sie küßte.

Wie sie nun so sich umfaßt hielten und eine Weile schwiegen, sage Justine unversehens: »Jukundus, was wollen wir nun mit der Religion oder mit der Kirche machen?«

»Nichts«, antwortete er. Nach einigem Sinnen fuhr er fort: »Wenn sich das Ewige und Unendliche immer so still hält und verbirgt, warum sollten wir uns nicht auch einmal eine Zeit ganz vergnügt und friedlich still halten können? Ich bin des aufdringlichen Wesens und der Plattheiten aller dieser Unberufenen müde, die auch nichts wissen und mich doch immer behirten wollen. Wenn die persönlichen Gestalten aus einer Religion hinweggezogen sind, so verfallen ihre Tempel und der Rest ist Schweigen. Aber die gewonnene Stille und Ruhe ist nicht der Tod, sondern das Leben, das fortblüht und leuchtet, wie dieser Sonntagsmorgen, und guten Gewissens wandeln wir hindurch, der Dinge gewärtig, die kommen oder nicht kommen werden. Guten Gewissens und ungeteilt schreiten wir fort; nicht Kopf und Herz oder Wissen und Gemüt lassen wir uns durch den bekannten elenden Gemeinplatz auseinanderreißen; denn wir müssen als ganze unteilbare Leute in das Gericht, das jeden ereilt!«

Justine schaute ihren Mann während dieser Reden unverwandt an und mit errötendem Gesicht, weil sie empfand, daß sie ihn längst so offen hätte zu ihr sprechen hören können, wenn sie sich eher ihm anvertraut hätte als einem Kirchenmanne. Mochten nun Jukundis

Worte weise oder töricht sein, so gefielen sie ihr jedenfalls über die Maßen wohl, zum Beweise, daß sie jetzt ganz ihm angehörte.

»Amen!« sagte Jukundus, »ich glaube fast, ich fange auch an zu predigen!«

»Nicht Amen!« rief Justine, »fahre fort und sprich weiter! Denke, diese Baumschule sei deine Gemeinde, und predige ihr wie jener Heilige den Steinen oder ein anderer den Fischen!«

»Nein, die Kirche ist aus! hörst du das Zeichen?« antwortete Jukundus lachend, als wirklich in der Ferne hier und dort die Glocken die Beendigung des Gottesdienstes verkündeten.

Sie erhoben sich und gingen langsam nach der Wohnung der Großeltern, so daß es Mittag wurde, bis sie dort anlangten. Die Alten hatten aber, um ein rechtes Versöhnungsfest bei sich zu sehen, die ganze Familie aus Schwanau heraufbeschieden und ein einfach kräftiges Mahl nach ländlicher Art bereitet. Alles war versammelt, als das versöhnte schöne Paar kam. Es herrschte aber zuerst einige Spannung und Befangenheit; doch als man sah, daß das verlorne Lachen wiedergekehrt war, verbreitete sich der Sonnenschein des alten Glückes im ganzen Hause. Die Stauffacherin glänzte wie ein Stern und ergriff fest wieder das Steuer, um das wiederhergestellte Glücksschiff zu lenken.

Justine zog nun zu ihrem Manne nach der Stadt, wo er ohne Unterbrechung wohl gedieh und seine Leichtgläubigkeit in Geschäfts- und Verkehrssachen verlor, ohne deswegen selbst unwahr und trügerisch zu werden.

Sie bekamen einen Sohn und eine Tochter, welche sie Justus und Jukunde nannten und die blühende, lachende Schönheit weiter vererben werden.

Sie besuchten öfter die frommen Frauen Ursula und Agathchen, wenn sie einen Spaziergang machten, und ließen es ihnen an nichts fehlen. Das Ölweib war fortgezogen, da es die vollkommene Unschuld und Güte nicht vertrug.

Der Pfarrer, dessen schwache Stunde Justine gesehen hatte, kam zuweilen auch wieder herbei und vertraute sich dem Paare gerne an. Er führte mit schwerem Herzen noch eine Zeitlang seinen bedenklichen Tanz auf dem schwanken Seile aus und war dann froh, durch Jukundis Vermittlung in ein weltliches Geschäft treten zu können, in welchem er sich viel geriebener und brauchbarer erwies als Jukundus selber einst in Seldwyla und Schwanau getan hatte; denn er, der Pfarrer, glaubte nicht leicht, was ihm einer vorgab.

Über tredition

Eigenes Buch veröffentlichen

tredition wurde 2006 in Hamburg gegründet und hat seither mehrere tausend Buchtitel veröffentlicht. Autoren veröffentlichen in wenigen leichten Schritten gedruckte Bücher, e-Books und audio-Books. tredition hat das Ziel, die beste und fairste Veröffentlichungsmöglichkeit für Autoren zu bieten.

tredition wurde mit der Erkenntnis gegründet, dass nur etwa jedes 200. bei Verlagen eingereichte Manuskript veröffentlicht wird. Dabei hat jedes Buch seinen Markt, also seine Leser. tredition sorgt dafür, dass für jedes Buch die Leserschaft auch erreicht wird.

Im einzigartigen Literatur-Netzwerk von tredition bieten zahlreiche Literatur-Partner (das sind Lektoren, Übersetzer, Hörbuchsprecher und Illustratoren) ihre Dienstleistung an, um Manuskripte zu verbessern oder die Vielfalt zu erhöhen. Autoren vereinbaren direkt mit den Literatur-Partnern die Konditionen ihrer Zusammenarbeit und partizipieren gemeinsam am Erfolg des Buches.

Das gesamte Verlagsprogramm von tredition ist bei allen stationären Buchhandlungen und Online-Buchhändlern wie z. B. Amazon erhältlich. e-Books stehen bei den führenden Online-Portalen (z. B. iBookstore von Apple oder Kindle von Amazon) zum Verkauf.

Einfach leicht ein Buch veröffentlichen: **www.tredition.de**

Eigene Buchreihe oder eigenen Verlag gründen

Seit 2009 bietet tredition sein Verlagskonzept auch als sogenanntes "White-Label" an. Das bedeutet, dass andere Unternehmen, Institutionen und Personen risikofrei und unkompliziert selbst zum Herausgeber von Büchern und Buchreihen unter eigener Marke werden können. tredition übernimmt dabei das komplette Herstellungs- und Distributionsrisiko.

Zahlreiche Zeitschriften-, Zeitungs- und Buchverlage, Universitäten, Forschungseinrichtungen u.v.m. nutzen diese Dienstleistung von tredition, um unter eigener Marke ohne Risiko Bücher zu verlegen.

Alle Informationen im Internet: **www.tredition.de/fuer-verlage**

tredition wurde mit mehreren Innovationspreisen ausgezeichnet, u. a. mit dem Webfuture Award und dem Innovationspreis der Buch Digitale.

tredition ist Mitglied im Börsenverein des Deutschen Buchhandels.

Dieses Werk elektronisch lesen

Dieses Werk ist Teil der Gutenberg-DE Edition DVD. Diese enthält das komplette Archiv des Projekt Gutenberg-DE. Die DVD ist im Internet erhältlich auf **http://gutenbergshop.abc.de**

Zeitfracht Medien GmbH
Ferdinand-Jühlke-Straße 7
99095 Erfurt, Deutschland
produktsicherheit@kolibri360.de